徳間文庫

ものだま探偵団

ルークとふしぎな歌

ほしおさなえ

徳間書店

目次

3話

ルークとふしぎな歌

4話

わたしが、もうひとり?

3話

ルークとふしぎな歌

1　橘英語教室

「いい教室だったね」

階段になった坂道をくだりながら、お母さんが言った。

「うん。先生もやさしそうだったし、説明もわかりやすかった」

わたしはうなずいた。

坂の多い坂木町のなかでも、ここはとびきりの急坂で、道が途中から階段になっている。細い階段の両側には家が立ち並び、塀の向こうに庭の花が見えた。

わたしは桐生七子。今年の春、この坂木町に引っ越してきた小学五年生だ。学校にも慣れ、そろそろ塾や習いごとを再開しようということになった。

塾は友だちの桜井鳥羽と同じところに決めた。ほかに、前から習っていた英語も続けた方がいい、とお父さんとお母さんに言われていた。

お母さんが、評判のいい英語教室がある、と聞いてきて、いっしょに見学に行くことになった。先生が自宅で開いている「橘英語教室」という個人教室だ。

はじめての教室で少し緊張してしまったけれど、やさしそうな女の先生でほっとした。レッスンもわかりやすくて、先生の発音も外国人みたいにきれいだった。

橘先生は、お父さんの仕事の都合で小学五年生から中学卒業までイギリスで暮らしていた。その経験を生かし、娘さんが小学校にあがってから英語教室をはじめたらしい。

発音を重視しているということで、授業のはじめに英語の歌を歌ったり、詩を暗唱した。文法の説明もわかりやすかった。

「それに、教室の雰囲気も好き」

家は古い木造の一軒家。小さな庭には、色とりどりのバラが咲いていた。

教室の部屋には大きな木の棚があって、きれいな小物が飾られている。細かい花柄に金色の縁のすてきなティーカップで紅茶を出してもらって、物語の世界にはいりこんだような気持ちになった。

「映画で見たイギリスの家を思いだしちゃったわ。テーブルも椅子も食器棚も、全部アンティークね、きっと」

お母さんは言った。

それに、紅茶といっしょに出たクッキー。娘さんの手作りだって言ってた。あれ、すごくおいしかったな。

「前の英語教室にくらべても高くないし、あそこにしようか」

お母さんに言われ、うん、と大きくうなずいた。


「『橘英語教室』か。聞いたことあるよ」

木曜日、今日から英語教室に行くことになったと話すと、鳥羽がふうん、という顔で言った。

鳥羽はこの町に越してきてはじめてできた友だちだ。背が小さくて、ちょっと（いや、かなり、かも）変わっている。

同級生なんだけど、それだけじゃない。実は、「ものだま探偵」という謎の仕事をしていて、わたしはいつのまにか、その助手ということになってしまった。

「まだ見学しただけだからよくわからないけど、すごくいい感じだったよ」

「みんなそう言うよね。あそこ、大学生の娘さんがいて、小学校の先生を目指してるんだって。塾の勉強でわからないところを教えてもらった、って、だれか言ってた」

「そうなんだ」

見学のときには娘さんは出かけていて、会わなかった。でも、そうか、小学校の先生を目指してるんだ。

「そのお姉さんには会ってないけど、お姉さんの手作りクッキーは食べたよ。すっごくおいしかった」

「クッキー？　七子はまたそれか……」

鳥羽があきれ顔でため息をつく。たしかにわたしはお菓子に弱い。

鳥羽のお母さんの佑布(ゆう)さんは、和菓子とお茶のお店を開いている。そこの和菓子はめちゃくちゃおいしい。鳥羽のものだま探偵を手伝うことになってしまったのも、実は、鳥羽のお母さんの作る和菓子につられてのことで……。

「それに、家もすてきなんだよ。庭にはたくさんバラが咲いてて、部屋のなかも『不思議の国のアリス』の世界みたいな感じで……。きれいな花柄のティーカップで紅茶が出てきて……」

「出た、七子の『すてき病』」

鳥羽がつぶやく。

「『すてき病』？」

「七子、そういうの、好きだよね。かわいいものとか、きれいなものとか。見るといつも吸いよせられていくじゃない」

「そんなこと……」

ない、と言いたかったが、たしかにその通りかもしれない。よく考えてみると、お母さんも同じようなことをお父さんに言われてる。

お母さんの「すてき病」。いっしょに海外旅行に行ったとき、「あれ、すてき」「これ、すてき」って、あちこちで止まっちゃって、すごく時間がかかった、って……。

「で、何時からなの？」

鳥羽の声がした。

「四時半。あ、そうだ、今日は最初の授業で、手続きとかテキストのことがあるから早く行かなくちゃいけないんだった」

学校終わったら急いで帰るように言われてたんだっけ。のんびり話しながら歩いてる場合じゃない。

「じゃあね、また明日」

「うん。明日、感想聞かせて」

「わかった。ばいばい」

わたしは鳥羽に手を振り、家に向かって走った。

英語教室は楽しかった。木曜のクラスはわたしを入れて五人。全員女の子だ。遠くからわざわざ電車で通ってくる子もいた。坂木小学校の子もいた。となりのクラスの北村さんと横田さんのふたりだ。

まずはじめに、英語で自己紹介。ほかの子たちがみんなきれいな発音ですらすらしゃべるのに驚いてしまった。そして、レッスンが終わるとティータイム。もちろん手作りお菓子つき。

とても楽しくて、習いごとだということをすっかり忘れてしまうくらいだった。

2　ふしぎな歌

「ねえ、桐生（きりゅう）さん、その歌、なに？」

次の日のそうじの時間のことだった。同じクラスの久保（くぼ）さんがふしぎそうな顔で訊いてきた。

「歌？」

なんのことだろう？

「さっきからずっと歌ってるよ。『りとぼぴー』って」

「嘘？」

わたしはびっくりした。

「ほんとだよ」

近くにいた鳥羽（とば）も言った。

りとぼぴー？　なんのことだ？　自分ではまったく意識していなかった。

「りとぼぴー、るるるるーって」

　りとぼぴー、るるるるー？　そういえば、きのうからずっとそのメロディが耳のなかで響いている気がする。

「どっかで流行ってるの、その歌。そういえば、中休み、ほかのクラスの子も歌ってるの、聞いたけど」

「ううん、知らない。えーと、どこで聞いたんだっけ？」

　わたしは首を振った。

「変なの。テレビのコマーシャルかな」

「うーん、なんだろう？　なんか、こういうのって気持ち悪いよ、思いだせないとむずむずする」

「わかるわかる」

　久保さんが笑った。

「お母さんが言ってたよ。思いだせそうで思いだせなかったことをがんばって思いだすと、脳の神経のその部分が強くつながるんだって。だけど、思いだせないままあきらめちゃうと、そのつながりが消えて、細胞が死んじゃう。そうやって脳の老化がはじまるんだって」

久保さんがおどかすように言った。

「えええっ、老化？」

わたしはぎょっとして訊いた。

「まあ、お母さんがテレビで見た話だから、ほんとかどうかは知らないよ。それにたぶん、大人の話だし。子どものわたしたちには関係ないよ」

「いやいや、わかんないよ。脳の発達って、赤ちゃんのときにほとんどすべて終わっちゃうって、聞いたような気が……」

鳥羽が口をはさんできた。

「ええっ？　じゃあ、そのあとは？」

「わかんないけど……。どんどん退化してくんじゃない？　あとはそれをどうやって保つか」

そう言って、にやっと笑う。

「うそでしょ？」

「さあ……。脳の働きはまだあんまり解明されてないっていうからね。ほんとのところは知らない。けど、ぼうっとしてるとぼうっとした大人になることだけはまちがいないよ」

鳥羽の言葉に、久保さんも大きくうなずいた。

ぼうっとしてる、って。それ、わたしのこと？　なんだかくやしい。

こうなったら意地でも思いだしてやる。

だが……。結局、学校が終わる時間まで、なにも思いだせなかった。


金曜は、鳥羽もわたしも塾や習いごとがない。それで、うちに来て、いっしょに宿題をする約束をしていた。

「こんにちは」

家にランドセルを置いてから、鳥羽がやってきた。

「いらっしゃい。最近はどう、ものだま探偵の方は？　なにか事件、あった？」

お母さんが鳥羽に訊く。

「ここのところ、ないですね。町はいたって平和です」

なにかの真似だろうか、鳥羽は大まじめな顔でそう言う。

「なにも起こらないと、退屈ですわね」

フクサの声がした。

「その通りじゃのう」

いつのまに起きたのだろう、タマじいの声もした。

そう、この前の「もの忘れ事件」以来、ものだま騒動は起こっていない。

ものだま。ものに宿った、魂――つまり、「もの」の妖怪みたいなものだ。といっても、手足はなく、動けない。表面に顔がうかんで、しゃべるだけ。

ものだまはどこにでもいるが、ものだまの声を聞くことができるのはこの坂木町だけ。だから、この町に越してくるまでは、わたしもそんなものがいるなんてまったく知らなかった。

ものだまは、ふだんは悪いことはしないが、はげしく怒ったり、悲しんだりすると怪異現象を引き起こすことがある。鳥羽はそれを「荒ぶる」と呼んでいる。そして、「ものだま探偵」を名乗り、荒ぶったものだまを捜し、しずめる仕事をしている。

ものだまの声が聞こえるのは、坂木町のなかでもほんの少しの人だけ。そのへんのしくみは、まだよくわからない。聞こえない人には、ものだまのことはヒミツ（どうせ話しても信じないから）ということになっている。

鳥羽のお母さんの佑布(ゆう)さんも、ものだまの声を聞く力を持っている。そして、なんと、うちのお母さんも子どものころ、この町に住んでいたことがあり、引っ越してきたらものだまの声を聞く力がよみがえってきた。そして、わたしも……。

　ここに越してきてすぐ、うちにちょっとした異変が起こり、鳥羽に助けてもらったのがきっかけで、わたしもものだま探偵団に引きいれられてしまった。

　うちに古くから伝わる「川流れ水晶」（見た目は大福そっくり）についた「タマじい」、鳥羽の家に伝わるお茶道具の袱紗（ふくさ）についた「フクサ」。ふたりとも何百年も前からいるものだまで、探偵団の大御所みたいにえらそうにしている。

　ものだまの声が聞こえる人はほかにもいるらしいけど、まだ会ったことはない。

　ううん、ちがった。あともうひとりいる。一組の藤沢律（ふじさわりつ）くんだ。ものだまのついたチェスの駒のルークを持ち歩いている男の子。鳥羽とはおさななじみで、むかしは鳥羽ともよくものだまの話をしていたみたいだけど、いまは相当仲が悪い。

　律くんって、最初はかっこいいと思ったんだけど、話してみるとなんだかえらそうで、感じが悪い。

「七子（ななこ）、ほら、また歌ってるよ」

　鳥羽の声がした。

「え？　歌……？　あ」

　りとぽぴーだ。嘘、また歌ってたのか。

「ああ、そういえば、七子、きのうもそれ歌ってたわよ」

冷蔵庫のドアをあけながら、お母さんが言った。

「ほんとに？」

「うん。でも、なんかその歌、わたしもどこかで聞いたことがある気がするのよね」

麦茶のボトルを持ったまま、お母さんが首をひねった。

「いつ？　どこで？」

わたしは訊いた。

「うーん、ちょっと待って。もう少しで思いだせそうな気がするから……」

お母さんが眉間にしわを寄せ、目を閉じた。

がんばれ、お母さんの脳の神経！　脳細胞の働きを邪魔しないよう、心のなかでじっと念じた。

「絶対聞いたことあるんだけどなあ……。思いだせない」

お母さんが目をあけた。

「それ、最近？」

わたしは訊いた。

「ううん、ずっとむかし。七子が小さいころ……？　ううん、ちがう、もっとむかしの気がする」

とぽとぽと麦茶をグラスに注ぎながら、お母さんがつぶやいた。

「もっとむかし？　じゃあ、ちがうのかな」

がっかりして言った。

「え？　どういうこと？」

「たぶん、最近どっかでその歌を聞いて、耳についちゃったんだと思うの。だけど、どこで聞いたか思いだせなくて、気になっちゃって……」

「たしかにそういうのって気になるよね。わたしも、もうちょっと考えてみる。はい、麦茶。ともかく宿題してらっしゃい」

さしだされたグラスを受けとり、鳥羽といっしょに二階にあがった。


「あ、鳥だ。緑のきれいな鳥」

わたしの部屋のドアをあけるなり、鳥羽が窓にかけよった。

「え、どこどこ？」

男の子の声がする。わたしのランドセルについている、男の子のものだまだ。

「ほら、あそこ。窓の外の大きな木の、うえの方の枝……」

ランドセルを高く持ちあげた。

「あ、ほんとだ」

ランドセルがうれしそうに言った。

「いいよねえ、この部屋。窓の外に大きな木があるし」

鳥羽が大きく息をつく。

この家は、お父さんの勤めている博物館の館長さんから紹介してもらった。五十年以上前に建った家だから、正直古い。お風呂もタイル張りだし、キッチンも、なんというか、古くさい。

越してくるときは、おばけが出そうでいやだな、と思ったけど……そして、実際、おばけじゃなくてものだまがいたんだけど、いまは気に入っている。この家も、屋根裏みたいな自分の部屋も。

一階の真ん中に大きな吹き抜けのリビングがあって、二階は左右に一室ずつ。その片方がわたしの部屋だ。

「ほんとですよね。あの木、鳥がよく来るんですよ。緑のや、オレンジのや、青いのや……。昼間はぴいぴい声がして」

床に置かれているトランクが言った。お母さんが若いころに買った古いトランクで、ふだんはわたしの部屋でテーブルがわりになっている。このトランクには、やさしいおばあさんのものだまがついている。

「そうそう。ムクドリ、オナガ、メジロ、ジョウビタキ。前にここに住んでた人がバードウォッチングが好きでね。よく名前を呼んでいました」

ハシラが言った。わたしたちが越してくる前からここにいた、柱のものだまだ。

こんなふうに、うちには前から住んでいたものだまと、わたしたちが連れてきたものだまがいっしょに住んでいる。最初に声が聞こえたときは驚いたけど、いまはそれにも慣れたし、ものだまとも少しずつ仲良くなってきた。

「さてと。さっさと片づけますか」

鳥羽はリュックから、漢字のノートと算数のドリルを出した。

「そうだね」

トランクのうえでノートを開いた。

「味気ない宿題も、友だちといっしょにやると、楽しいし、はかどるよね」

しばらくすると、鳥羽が言った。

「そ、そうかな……」

わたしから見ると、全然はかどっているようには見えない。ノートを広げたものの、本棚から本を出してながめたり、置いてあるものを見つけて、これなに、って訊いてきたり。思った通り、ノートはまだ真っ白だ。

この前の事件で暗号を解いてたときの集中力はどこに行ったんだよ……と思う。ものだまの事件のときは、探偵として鋭い切れ味を見せる鳥羽だが、学校の勉強はあまり好きじゃないみたいだ。そのわりに成績はそんなに悪くないから、頭はやっぱりいいのかもしれない。

とはいえ、鳥羽と宿題をしていると、おしゃべりにつきあわされて、まったくはかどらない。まあ、「楽しい」の方はほんとかもしれないけど。

「そういえば、英語教室、どうだった？」

漢字をふたつ書くと、鳥羽はまた手を止めて訊いてきた。

「楽しかったよ。会話の練習もあるしね。ぺらぺらになれそう」

「いいなあ。ボクも行きたい。ずるいよなあ。楽しいところはいつも七子だけ」

ランドセルが文句を言う。

「しょうがないでしょ。それに、遊びに行ってるんじゃないんだし」

言い聞かせるように言ったが、ランドセルはむくれた顔のままだ。小さい男の子のものだまなので、なんだか弟みたいな気がする。

「でも、お母さんと話してたじゃないか。お菓子もおいしい、家もすてき、って」

「それは……」

「はじまったね、『すてき病』」

　鳥羽が茶化してくる。

「まったく、そういうのにすぐ引っかかるからのう。そんなことだから、ものだまにたぶらかされるんじゃないのか、百子(ももこ)も、七子も」

　タマじいがため息をつく。

「そ、そんなこと……」

　失礼な、と思う。だけど……。

　荒ぶったものだまの引き起こす怪異現象。といっても、動いたり、ものを動かしたりするわけじゃない。まわりにいる人たちをおかしくするのだ。眠くなったり、笑いがとまらなくなったり、妙におなかがすいたり……。どれもたいしたことではないのだが、たびかさなると困ったことになる。

　おかしくなるのは、ものだまの声が聞こえる人だけじゃない。ほとんどの人は、ものだまのことも、そのふしぎな現象の原因がものだまにあることも知らずに影響を受けてしまう。

　影響の受けやすさには個人差があるようで、お母さんとわたしは、とびきり影響を受けやすい……みたいだ。この町に越してきたばかりなのに、もう二度も被害にあっている。

「それにしても、英語ねえ。やっぱり国際化の時代だし、いまは英語くらいしゃべれないとダメだよね」

鳥羽がぶつぶつ言っている。「それより、早く宿題やったら」と言いたくなるが、口には出さなかった。

「ねえ、七子」

「なに？」

「外国にもいるのかな、ものだま」

「え？」

「声が聞こえるのは坂木町だけだけど、ものだまは町の外にもいるわけでしょ？　実際、ランドセルもトランクもタマじいも坂木町以外から来たわけで……」

「そうじゃな」

タマじいが言った。

「わしの経験では、少なくとも日本の場合は、全国津々浦々どこにでもおる。それに、むかしはどこでも人と話ができたんじゃがのう」

わたしはまだ会ったことがないが、鳥羽のおじいさんもものだまと話せる人らしく、そのおじいさんが子どものころにはもう、坂木町以外ではものだまの声は聞こえなかったらしい。

「ってことはさ。外国にもいる可能性はあるよね」

鳥羽が首をひねる。

外国のものだま？　そんなこと、考えたこともなかった。

「いるんじゃ……ない？」

わたしはそう答えた。会ったことはないけど、いないとは言いきれない。

「でもさ、そしたら、そのものだまがしゃべるのって、外国語だよね？」

鳥羽が言った。

「それは、そうなんじゃない？　日本のものだまが日本語しゃべってるんだから。外国のものだまは、その国の言葉でしゃべるんじゃないの」

「だよね。とすると、今後、英語をしゃべるものだまと話す可能性もあるわけだ」

鳥羽がふんふんとひとりでうなずく。

「まあ、そうかもしれないけど。とりあえず、わたしたちはまだこの町の事件を解決してるだけで、外国に行くことなんて……」

ものだま探偵は、探偵といっても依頼人はいない。なにしろほとんどの人は事件が起きても、それがものだまのしわざとは気づかないのだから。

というわけで、鳥羽は自主的に町のなかをパトロールして、荒ぶって悪さをしているものだまがいないか探し、それを解決する。つまり、完全なボランティア活動で、だれからも依頼料は出ない。

「そうともかぎらないよ。たとえば、外国からやってきたものにものだまがついてたらどうするの？　外国人がこの町に越してきて、いっしょに外国語をしゃべるものだまがついてきて、その子が荒ぶっちゃうとかさ」

「まあ、可能性がないわけじゃ、ないけど」

この話、どこまで行くんだろう。ため息をつきながら答える。

「やっぱり、この国際化社会、ものだま探偵も英語くらいしゃべれた方がいいのかも……」

そんなことより宿題やろうよ、と言いかけたとき、ドアをノックする音がした。

「鳥羽ちゃん、七子、おやつ持ってきたけど」

お盆を持ったお母さんだった。

「ありがとう」

「いただきます」

ふたりで手をのばす。

ゴマのついたおせんべい。ぱりっとしておいしい。

りとぽぴー、るるるるー。

「七子、歌」

「え？」

鳥羽に言われて気づいた。また歌ってたみたいだ。

「あら、その歌……」

下の方から声がした。トランクだ。

「どこかで聞いたことがあります。ええと、どこでだったかしら？」

「トランクも聞いたことがあるの？　じゃあ、もしかして旅先？」

お母さんがはっとしたような顔になる。

「そう、旅先……。ええと、そう、あれは……」

お母さんとトランクが目を閉じる。

「イギリス！」

とつぜん、お母さんが言った。

「そう、イギリスだわ。イギリスに旅行したとき小さな宿屋に泊まったことがあって……」

　トランクがつぶやく。

「そうそう。で、その宿の人からナーサリーライムを習ったのよ」

「ナーサリーライムってなに？」

　ランドセルが訊く。

「英語の童謡っていうのかな。小さい子に聞かせる歌よ」

　お母さんが言った。

「『ぞうさん』みたいな？」

「うーんと、もうちょっと古い歌。日本で言うなら、『かごめかごめ』とか『ずいずいずっころばし』とか『あんたがたどこさ』とか……」

「ランドセルは聞いたことないかな。こういうの」

　わたしは「かごめかごめ」と「ずいずいずっころばし」のさわりの部分を歌った。

「あ、聞いたことある」

　ランドセルは言った。

「それは日本の童謡だけど、ほかの国にもそういうのがあるのよ。数え歌とか子守歌とか。鳥羽ちゃんや七子は『マザーグース』、知ってるでしょ？　あれにメロディがついたのがあって……」

「じゃあ、この『りとぼぴー』は？」

「『リトル・ボー・ピープ』っていう歌。『Little Bo-peep』。音だけで聞くと、リトボピーって聞こえると思う」

「どんな歌なんですか？」

鳥羽が訊くと、お母さんが英語の歌の最初の部分をちょっと歌った。

「あ、それ。それだよ」

わたしは叫んだ。わたしが歌っていたのとまったく同じメロディだ。

「ここまでしか覚えてないんだけど……。『リトル・ボー・ピープ』っていうのは、小さな『ボー・ピープ』っていう意味。『ボー・ピープ』っていう子どもの羊飼いが羊を見失ってしまうの。心配する『ボー・ピープ』に、『大丈夫、きっとちゃんともどってくるよ』ってなぐさめる歌」

お母さんが言った。

「それで？」

「羊は見つかるのよ、たしか。みんな帰ってくるの。けどなぜか、もどってきた羊に尻尾がない、それで尻尾を捜しにいって、みたいな内容だったと思うけど……」

お母さんが宙を見た。

「羊の尻尾がない？　変なの」

鳥羽が言った。

「そうよね、わたしも聞いたときそう思った。『マザーグース』の本があれば、歌詞がわかるんだけど、うちには、ないなあ。でも、『マザーグース』なら、どこの図書館でもたいていあると思うわよ」

お母さんはむかし図書館司書だった。だからたくさん本を読んでるし、図書館のことにもくわしい。

「出だしはこうね。『Little Bo-peep has lost her sheep』」

お母さんが紙に英文を書いてくれた。

「『has lost』が『なくした』っていう意味、『her』は『彼女の』、『sheep』は『羊』。『小さいボー・ピープが羊をなくした』ってことよね。最初の『リトル・ボー・ピープ』が『りとぽぴー』に聞こえて、次の『has lost her sheep』のところはむずかしくてよく聞きとれないから『るるるるー』になっちゃったってことかな」

お母さんが言う。

「ねえ、七子、その歌、『橘(たちばな)英語教室』で聞いたんじゃない？　英語の歌だし」

鳥羽が訊いてきた。

「え？」

わたしは首をかしげた。

「ちがうと思うけど……」

歌は習ったけど、これじゃなかったし、音楽もかかってなかったような気がする。けど、そう言われてみると自信がない。英語の歌なんだから、英語教室で聞いたのかも……。

「あら、もう五時近いわよ。鳥羽ちゃん、五時半までの約束でしょ？」

「そうだよ、鳥羽、まだ全然宿題やってないいんじゃないか」

ランドセルが言った。

「あっ、いけない」

鳥羽はあわてて鉛筆をにぎり、ドリルに向かった。

3　マザーグース

「あ、桐生さん、また歌ってる」

次の週の月曜日、音楽室への移動中に久保さんがくすくす笑った。

はっとした。またしても「りとぽぴー」を口ずさんでいたみたいだ。

「これ、『マザーグース』の歌だったみたい。お母さんが言ってた。たぶん、橘英語教室で聞いたんじゃないかと思うんだけど……」

「桐生さんも橘英語教室に行ってるの？　そっか、じゃあ、そうなのかも」

久保さんが言った。

「どういうこと？」

わたしは訊いた。

「ほら、だれかが同じ歌を歌ってるの聞いた、って言ったでしょ？　あれ、一組の北村さんと横田さんだったんだよ」

「ほんと?」

北村さんと横田さん。ふたりとも橘英語教室でいっしょの子たちだ。

あのふたりも歌ってたのか。じゃあ、まちがいない。意識してなかったけど、きっと英語教室で流れてたんだ。

「やっぱり英語の歌だったんだね。あのふたりは英語教室で習った歌じゃない、って言ってたけど」

久保さんが言った。

「そうなの?」

え? あのふたりも「ちがう」って言ってたの?

「うん。最近レッスンで習ってるのはなんとかっていう別の歌だし、いま教室のCDプレーヤーがこわれているから、曲は聞けないんだ、って」

CDプレーヤーがこわれてる? そういえば、先生もそんなこと言ってたっけ。

あれを歌うようになったのが、英語教室に行ったあとなのはまちがいない。そのあとは寄り道しないで帰ったし、家に帰ってから見たテレビでもない。けど……。

「あ……」

思わず声が出た。

「どうしたの？」

久保さんがふしぎそうな顔をする。

「あ、ううん、なんでもない」

そう言ってごまかす。

まさか……。

同じ場所にいた人たちがみんな同じ歌を口ずさんでる。だけど、そこでその歌が流れてたわけじゃない。

もしかして、ものだま……？　橘英語教室に荒ぶったものだまがいて、みんなそのせいで歌を歌うようになった？

「桐生さん、急ごう。もうチャイム鳴るよ」

久保さんに言われ、わたしは早足で音楽室に向かった。


「えっ？　ものだま？」

中休み、わたしは鳥羽（とば）を廊下に呼んで、「りとぼぴー」がものだまのしわざではないか、と話した。鳥羽はちょっと驚いたような顔をした。

「うーん……それだけじゃ、なんとも言えないけど……」

首をひねっている。

「そ、そうだよね」

急に自信がなくなって、もごもご口ごもった。

「でも、歌ってるのが三人とも橘英語教室に通ってる子で、三人ともそこで聞いたんじゃない、と言ってるんだとすると、ちょっとあやしい気もするよね。とりあえず、北村さんたちに話を訊いてみようか」

鳥羽は腕組みして言った。

ふたりで北村さんたちがいる一組の教室に向かった。

「おまえたち、なんの用だよ」

教室のドアの前で、男子の声がした。

「え？」

見ると、律くんだった。

「別に。ちょっと北村さんと横田さんに用事があるだけ」

鳥羽がむすっとして答える。

「北村さんと横田さん？　なんで？　別に仲良くないだろう？」

「いいでしょ？　どうしていちいちあんたに断らなくちゃいけないのよ」

ふたりとも、いきなりけんか腰だ。もう、なんでなの……。

律くん、顔だけ見るとカッコいいのになあ。最初はちょっとあこがれたが、あまりにも感じが悪くて、幻滅してしまった。

「また、ものだまがらみなのか？」

律くんが鳥羽の顔をのぞきこんだ。

「ちがうよ」

鳥羽がぷいっと目をそらす。

「あ、あの、実は……」

わたしは横から律くんに話しかけた。

「わたしが北村さんや横田さんと同じ英語教室に通いはじめて」

「あ、ああ、橘英語教室？」

律くんが言った。

「そう。それで、ちょっと教室のことで訊きたいことがあって」

びくびくしながら言った。教室のことで訊きたいこと。……嘘はついてない。

「あ、そうなの。ならそう言えばいいのに」

「だからさ、なんでいちいち律に用件言わなきゃいけないの？　あんた、この教室の番人？　えらそうに言わないでよ」

「ちょ、ちょっと、鳥羽……もう、やめなよ」

わたしは鳥羽の脇腹をつついて言った。

「ほんとだよ、まったく。感じ悪いな、おまえ」

律くんが鳥羽をにらむ。

「感じ悪いのはどっちよ」

鳥羽はふんっと鼻を鳴らし、教室に入ろうとした。

「鳥羽ちゃん。北村さんと横田さんなら、いないよ。図書室に行くって言って、さっき出てったから」

話が聞こえていたらしい、一組の女子が言った。

「そうなの？　ありがとう」

そう答えると、鳥羽は廊下を歩きはじめた。律くんはもういなかった。

「ねえ、どうして律くんとあんなに仲悪いの？」

階段を降りながら、わたしは鳥羽に訊いた。

「前も話したでしょ、いろいろあったのよ」

鳥羽はむすっとしている。

「『いろいろ』って？」

「『いろいろ』は、『いろいろ』だよ」

「はあ……」

なんだかわからないが、引きさがるしかない。

「そんなことより、北村さんと横田さんに話を訊かないと」

「あ、そうだったね」

鳥羽が図書室のドアをあける。横田さんの姿が見えた。本棚を見ながら歩いている。

北村さんもいた。窓の近くに立って、ぼんやり外を見ている。

「りとぼぴー、はーずろーすはーぴー」

近づくと、北村さんが小さく口ずさんでいる。

「あ、その歌」

鳥羽が呼びかけると、北村さんがはっと口をつぐんだ。

「やだ、また歌ってた」

そう言って、ため息をつく。

「どうしちゃったのかな。最近、気がつくとこの歌を歌ってて……」

北村さんが首をひねる。

「実は、わたしもなんだ」

わたしは言った。

「ほんと？　横田さんもなんだよ。ねえ、横田さん」

北村さんが本棚の向こうの横田さんを呼んだ。

「なに？」

「例の歌、桐生（きりゅう）さんもなんだって」

「ほんと？」

横田さんが近づいてきた。

「もしかして、桐生さんも、この前英語教室に行ってから？」

北村さんが訊いてきた。

「うん、そう」

「じゃあ、やっぱり、久保さんが言ってたみたいに、英語教室で聞いたのかな」

横田さんが言った。

「そういえば、ナオちゃんたちもこの歌、歌ってたんでしょ」

北村さんが言うと、横田さんがうなずいた。

「その子も橘英語教室に行ってるの？」

わたしは訊いた。

「うん。わたしの妹。別の曜日に通ってるの」

「でも、教室で聞いた覚え、ないよね」

「だいたい、この曲、なんだろう」

ふたりとも首をかしげた。

「『マザーグース』の歌だって。お母さんが言ってた」

わたしが言うと、北村さんと横田さんが顔を見合わせた。

「そうなの？　マザーグースだったら、橘先生のところで何曲か習ったけど……。こんなの、なかったよね？」

北村さんが横田さんを見る。横田さんも、うん、とうなずいた。

「なんて歌なの？」

「『リトル・ボー・ピープ』って歌なんだって。ボー・ピープって羊飼いの女の子が、羊を見失っちゃう歌」

「りとぼぴー、はーずろーすはーぴーす」

北村さんが歌いだす。

「え、ちょっと待って。もう一度、歌って」

　そのとき鳥羽が言った。

「りとぼぴー、はーずろーすはーぴーす」

「おかしいな」

　鳥羽が首をひねる。

「おかしい？」

「七子のお母さんが歌ってたのとちがう。お母さんは『has lost her sheep』って言ってたでしょ？『sheep』が羊で、歌うと『はーず・ろーす・はー・しーぷ』になる。けど、いま北村さんが歌ったのは、『はーず・ろーす・はー・ぴーす』。最後が『シープ』じゃなくて、『ピース』になってるんだよ」

「ほんとだ」

　北村さんが言う。

「『マザーグース』だったらさ、二番があるのかもよ。最初は『羊をなくした』だけど、続きがあるとか」

「ああ、そういえば、七子のお母さん、『羊は帰ってきたけど尻尾がなかった』っていうのが続くって言ってたよね？」

鳥羽が言った。

「『尻尾がない』？　なにそれ……。でも、尻尾は『テイル』だよね？　『ピース』は、平和……だっけ？」

横田さんが言った。

「そうだね。じゃあ、平和をなくした、ってこと？」

「あ、でも、ケーキひと切れのこと、『ピース・オブ・ケイク』って言うよね？」

「ああ、そういうのもあったね。『ひと切れ』とか『ひとかけら』みたいな」

「それでもよくわからないよ。『かけらをなくした』ってこと？」

わけがわからない。

「ねえ、『マザーグース』なら、本、あるんじゃない？」

横田さんが言った。たしかにその通りだ。ここは図書室。『マザーグース』ならあるかもしれない。四人で探しはじめる。

「あったよ」

北村さんが言った。『マザーグースのうた』という本だ。全部で五冊あって、順番にめくっていくと、「ちっちゃなボー・ピープ　ひつじたちがいない」というのが出てきた。

ちっちゃなボー・ピープ　ひつじたちがいない
　どこへいったか　けんとうもつかぬ
ほうっておおきよ　かえってくるさ
　ちゃんとしっぽを　くっつけて

ちっちゃなボー・ピープ　ぐっすりねむった
　ひつじのないてる　ゆめをみたけど
めがさめてみりゃ　ただのそらみみ
　やっぱりみんな　どこにもいない

そこでちっちゃなつえを　とりあげ
　みつけてやるぞと　こころにきめた
みつけたことはみつけたけれど　かなしいことに
　ひつじはしっぽを　わすれてきちゃった

あるひのはなし　ボー・ピープ
　ちかくのまきばへ　まよいこんだ
ところがあったよ　ひつじのしっぽ
　ずらりとえだに　ほしてある

ほっとひといき　なみだをふいて
　おかからおかへ　てくてくあるき
しかたがないよ　ひつじかいなら
　しっぽをいちいち　またくっつけた

「ほんとだ。尻尾がない、だって。変な歌」

横田さんがくすくす笑った。

「『マザーグース』に出てくるのは、だいたい変な歌だよ」

鳥羽が言った。

「そうなの？」

「たまごが塀から落っこちるとか、皿とカップが逃げるとか……」

「へえ。桜井さんって、物知りだね」

「でも、この歌、『平和』も『かけら』も出てこないな」

鳥羽が首をかしげる。

「そうだね。じゃあ、まちがいなのかな？」

横田さんも首をひねった。

「でもさ、とにかくその歌、レッスンで歌った覚え、ないんだよね？　それにＣＤプレーヤーもこわれてるとか」

鳥羽が訊く。

「うん。歌ってれば、歌詞、ちゃんと覚えてると思うし。やっぱり英語教室で聞いたんじゃない気がする」

北村さんがそう言ったとき、チャイムが鳴った。

4　りとぼぴー事件

「ねえ、七子（ななこ）」

帰り道、鳥羽（とば）が言った。

「これから橘（たちばな）英語教室に行ってみない？」

「ええっ？　だって、レッスンの日じゃ、ないよ」

わたしは驚いて答えた。

「そうだけど。なんか、さすがにわたしも『りとぼぴー』が気になってきた」

鳥羽が苦笑いする。

「行くのはいいけど、どうやってはいるの？」

「七子が、忘れ物した、って言えばいいんじゃない？」

「ええっ？」

たしかに、そうすれば、なかに入れてくれるかもしれないけど……。

「でも、実際には忘れ物なんてしてないんだよ。どうすれば……?」

「『捜したけどなかった、ここじゃないみたいだから、ほかを捜します』でもいいし、最初から仕込んでおいたっていい」

「仕込む?」

「忘れたものを隠し持っておくんだよ。それで、部屋のなかを捜して、適当なところで見つけたふりをする。で、『ありました』って言う」

　鳥羽はこういうの考えるの、ほんと得意だな。さすが探偵……。

「うまくできるかな?」

「じゃあ、仕込みはわたしの方でやるよ。なくしたもの、あらかじめポケットに隠しておいて、わたしが見つけたふりすればいいでしょ? なんにしようかな。小さいもの……。で、次のレッスンまで待てないもの」

「鍵とか?」

「うーん、鍵だと、その日のうちに捜しにこないと不自然じゃない?」

「じゃあ、なに?」

「そうだなあ。友だちに借りたものとかは? 返そうと思ったらなくて、とか」

「借りたものか。小さくないとダメだよね。でもって、ある程度大事そうな……」

うーん、と考えて思いついた。

「じゃあさ、アクセサリーはどう？　前の学校の友だちにもらったペンダントがあるの。それを友だちから預かってるものってことにして」

「いいね。じゃあ、決まり。それを持って、あとで学校前に集合ね」

「ええーっ、じゃあ、またボクは置いてけぼりなの？」

ランドセルが文句を言った。

「しかたないでしょ。あとで話を聞かせてあげるから」

鳥羽がそう言って笑った。


橘英語教室は、学校とうちの中間くらいの場所にある。

教室の前の階段の坂は、「富士見坂（ふじみざか）」という名前なのだそうだ。この前、橘先生が言っていた。ここから富士山が見えることにちなんだ名前で、天気のいい日は教室からも富士山がよく見えるらしい。

インターフォンを押すと、橘先生が出てきた。

「あら、七子さん。どうしたの？」

「すみません、お友だちから預かってたアクセサリーをなくしてしまって……。小さなガラスのびんの形をしたペンダントなんですけど、部屋のなかに落ちてなかったでしょうか」

「そうじしたときは見かけなかったけど……。いつからないの？」

「いつかわからないんです。教室に来る前に預かって、そのまま忘れちゃってたんです。今日返そうと思ったら、どこにもなくて……。それで、行ったところを順番にまわって捜してるんです」

「そうなの。じゃあ、見落としてるのかもしれないし、はいって捜してみる？」

橘先生はそう言ってから、鳥羽の顔を見た。

「お友だち？」

「はい。同じクラスの、桜井（さくらい）さんです」

「こんにちは」

鳥羽がぺこっと頭を下げる。

「七子ちゃんが困ってるみたいだから、いっしょに捜してるんです」

「そう。じゃあ、ふたりともあがって」

橘先生がにこっと笑った。なんだか罪悪感を感じるけど、しかたない。

「お邪魔します」

鳥羽の方はさっさと靴を脱ぎ、スリッパをはいている。

「お教室、今日はまだはじまってないから、だれもいないのよ」

橘先生が教室の部屋のドアをあける。

「すてきなお部屋ですね」

鳥羽があたりを見まわす。

「そう？　ありがとう」

橘先生はちょっとはずかしそうな顔になった。

「本もたくさんあるんですね。すごい、これ、全部、英語の本」

鳥羽ははしゃいだように言って、本棚をながめた。

「ふたりで捜せる？　わたし、ちょっと手がはなせなくて。すぐにもどるから」

橘先生はそう言って、部屋を出ていった。

ふたりきりになると、鳥羽はすぐに飾り棚に向かった。

「これは……。ずいぶんたくさん小物があるね。ものだま、いるかな」

鳥羽が顔を近づける。わたしも横から飾り棚を見た。

「いますよ」

「なに？」

「どうしたの？」

棚からざわざわと声が聞こえてきた。

「うわあ」

思わず声をあげた。

「こりゃ、かなりの数だね」

鳥羽が言う。

「あの、わたしたちの声が……聞こえるんですか？」

声がした。さっき最初に「いますよ」と答えた声だ。どうやら棚の端に置かれた懐中時計らしい。

「聞こえるよ」

鳥羽が答えると、ものだまたちがざわめいた。

「しかし、こんなにものだまがいるとはね」

鳥羽があきれたように言った。

「ものだま？」

銀色の小箱が訊いた。

「えーと、ものに宿った魂……かな」

　鳥羽が説明した。

「ここではそう呼ばれてるようだよ」

　懐中時計がほかのものだまに言った。この懐中時計だけは「ものだま」という名前を知ってるみたいだ。

「『ここでは』？」

　鳥羽が首をかしげた。

「わたしたちはみんな別のところから来たから」

「別のところって？」

「わたしたち、みんなアンティークですから。たいていは外国から来てるんです。わたしはイギリス」

　銀の小箱が言った。横にネジがついているから、オルゴールなのだろう。

「わたしはフランスよ」

「ぼくはドイツ」

「ええっ？　じゃあ、やっぱり外国にもものだま、いるの？」

「はい。ものだまっていう名前じゃないですが」

　懐中時計が言った。

「じゃあ、どうして日本語を話せるの？」

わたしは気になって訊いた。

「この家に来て教わったんです。ここにはそれぞれの国の先輩がいて……。わからない言葉を聞いていると不安になりますから」

銀の小箱が答える。

「でも、びっくりしました。噂には聞いたことがありましたが、わたしたちと話ができる人間がいるなんて」

懐中時計が言った。ほかのものだまたちも、ほんとだね、とか、びっくりしたね、などと言っている。

「ところで、ちょっと質問なんだけど」

鳥羽が訊いた。

「なんですか？」

懐中時計が答える。

「この部屋にいるものだまで、最近、様子がおかしい人はいない？　前はしゃべってたのに、黙りこんじゃった人とか……」

ものだまは荒ぶるとしゃべらなくなる。心が石のようにかたまって、うちにこもってしまうのだ。そうして、怪異現象を引き起こす。

「うーん、そんなのは、いないけどなあ」

ウサギの形の置物が言った。

「最初からしゃべらない人はいるけど、それはたぶん、ついてないんじゃない？」

花びらの形の銀の皿が言う。

「ああ、でも、あの人たちはわからないわね」

オルゴールが思いついたように言った。

「あの人たち？」

「ええ、最近やってきたチェスのセットです。来てからひとこともしゃべってないけど、ここに来たばかりだから、ものだまがいるかわからない」

「チェスの……セット……？」

鳥羽がつぶやく。

「ええ。あそこの」

オルゴールが目で示した。見ると、窓の前の棚のうえに、大きなチェスボードが置かれていた。

ふたりで近寄り、のぞきこむ。

「すごくきれいだね」

　ボードは木でできていた。マスの黒のところは木の色をそのまま生かし、白のところに石のようなものがはめこまれている。外側には模様の細工があって、そこにも白い石がはめこまれていた。

「アンティークのチェスセットってかっこいいね。木目もきれいだし、うちのとは雰囲気が全然ちがう」

　鳥羽がうなった。

「鳥羽んち、チェスセット、あるんだ」

「お父さんが好きなんだよ。でも、駒はプラスチックだし、盤もシンプル。実際にゲームするにはいいんだけど、こんなふうに飾る感じじゃない」

「たしかにこのセットなら、飾っとくだけでもいいよね。駒もすてき」

　ボードのうえには、白のキングとクイーン、黒のナイトの駒が飾られている。白も黒も木の自然な色のままなので、真っ白と真っ黒ではなく、クリーム色と茶色みたいな感じだ。

「駒は手彫りだね。細かくて、すごくきれいだよ」

　鳥羽が駒に顔を近づける。

「でも……声はしないな」

「そうだね」

「ほかの駒はこっちの箱のなかかな」

鳥羽はそう言って、ボードの横に置かれた木の箱を見た。ふたをあける。

「かわいい！」

思わず小さく叫んだ。なかにぎっしり駒がはいっている。箱の真ん中に仕切りがあり、片側に黒、もう一方に白の駒がごろごろはいっていた。

「あれ？」

そのとき、はっとした。駒のなかに、小さな盾みたいなものが見える。

なんだろう？

そっと引っぱりだしてみる。

塔の形。ルークだ。塔のうえに、鎧を着て盾と槍を構えた小さな人が乗っている。

人形の細工がついているのはルークだけで、あとはふつうの駒の形みたいだ。

「これ……」

「へえ。めずらしいね。人が乗ってる駒……」

鳥羽はそこまで言って、口を閉じた。

こんなの、はじめて見た、と言いかけて、口を閉じた。

はじめてじゃない。

こういうの、どっかで……。

そうだ。律くんのルークだ。律くんのルークも塔のうえに鎧を着た人が乗っていた。

それに、形もよく似ている気がする。

鳥羽と顔を見合わせたとき、廊下から足音が聞こえた。あわててルークをもとにもどし、箱のふたをしめた。

「どう？　見つかった？」

ドアがあいて、声がした。橘先生だ。

「あ、あ、見つかりました。この棚の下に落ちてたんです」

鳥羽はどきんとしたのか、一瞬言葉につまったが、すぐにはきはきした口調で答え、ペンダントをさしだした。

「よかったわね」

橘先生が言う。

「ありがとうございました」

わたしも頭を下げた。

玄関にもどり、靴をはこうとしゃがんだとき、「りとぽぴー」の歌が聞こえた。

鳥羽だ。なんで鳥羽が「りとぽぴー」を……？

まさか、鳥羽までものだまの影響を受けて……？

「あ、その歌……」

橘先生が言った。

「その歌、どこで？」

「これですか？　最近、桐生さんがよく歌ってて……。わたしもうつっちゃったみたいです」

鳥羽が笑った。その笑顔で、橘先生を試すためにわざと歌ったんだと気がついた。

「そうなの？　実はね、わたしもなのよ。その歌、どこかで流行ってるのかしら。最近しょっちゅう口ずさんでるみたいで……。娘もなのよ」

橘先生がはずかしそうに言った。

「ほんとですか？」

鳥羽が勢いこんで訊く。

「どうかした？」

「桐生さんだけじゃなくて、一組の北村さんも横田さんも、この歌をしょっちゅう歌ってて」

「え、ほんとに？　北村さんと横田さんって、ここに来てる子たちよね」

「でも、みんな、ここで習ったんじゃないって。それで考えちゃって……」

「たしかにレッスンでは歌ってないわ。ふしぎね」

「先生はいつごろからですか？　歌いだしたの」

「ええと、一週間くらい前からかしら」

先生は天井を見あげながら言った。

「これ、『マザーグース』なんですよね？」

わたしは訊いた。

「ええ。よく知ってるわね」

「お母さんから聞きました。『リトル・ボー・ピープ』っていう歌だって」

「そうよ。羊飼いの歌」

「でも、歌詞がちょっとちがうみたいで……」

鳥羽が言った。

「え？　どうちがうの？」

橘先生がきょとんとした。

「先生、『マザーグース』の本、持ってますか？」

「あるわよ。ちょっと待ってて」

先生が部屋から絵本を持ってきて、ページを開いた。

Little Bo-peep has lost her sheep

Little Bo-peep has lost her sheep,
And can't tell where to find them;
Leave them alone, and they'll come home,
And bring their tails behind them.

「これよね」

先生が歌詞を指さす。

「はい。ここでは、出だしの部分、『リトル・ボー・ピープ、ハズ・ロスト・ハー・シープ』ってなってますよね？　でも、桐生さんたちが歌ってるのは、『リトル・ボー・ピープ、ハズ・ロスト・ハー・ピース』。最後のシープがピースになってます」

「『りとぼぴー、はーずろーすはーぴーす』。あら、ほんと。おかしいわね。でも『ぴーす』って……」

「あの、橘先生」

鳥羽が言った。

「なに？」

「あの部屋にチェスセットがありましたよね」

「チェスセット？」

先生が部屋の方をふりかえる。

「あれがどうかした？」

「チェスの駒は、英語で『ピース』……じゃなかったですか？」

鳥羽が言った。

「え、ええ、そうだけど。よく知ってるわね」

「父からチェスを教わったとき、聞いたんです」

「そうか、『ピース』って、駒のことなんだわ。そういえば、あのセット、最近買ったものなんだけど、買ったときから、駒がひとつ足りなかったのよ」

「駒が足りない？」

鳥羽の目がきらっと光った。

「いつ、どこで買ったんですか?」

「先々週の土曜日、南口商店街のアンティークショップで買ったの。お店の人に訊いたら、買いつけたときから足りなかったんですって。でも、すごくきれいでしょ?　わたしはチェスをするわけじゃないし、足りなくてもいいかな、って思って」

「そうだったんですか。じゃあ、あの『ピース』って……」

「たぶん、チェスの駒が足りないって聞いて、いつのまにか勝手に替え歌を作っちゃってたのね。そう言われてみれば、歌を歌いはじめたのは、あのセットを買ってきてからのような気がするわ」

「レッスンのときに歌ってたのかもしれませんね。桐生さんたちはそれを覚えてしまった」

鳥羽が言った。

「すごいわね。桜井さん、だったかしら?　まるで名探偵みたい」

先生が感嘆の声をあげた。

「名探偵……なんですよ、ほんとに。それで、実はもうひとつ……」

鳥羽が探偵口調になる。

「そ、そうなんです」

鳥羽の言葉をさえぎって、あわてて言った。

「桜井さんはものを捜すのがすごく得意なんで……。今回もそれで手伝ってもらったんです。あ、ありがとうございました。ペンダントも見つかったし、帰ります」

これ以上鳥羽を調子に乗せると面倒なことになる気がした。

「ううん、こっちも気になってたことが解けて、助かったわ」

橘先生がにこっと笑う。まだなにか言いたそうにしている鳥羽を引っぱって、家を出た。


門を出て、階段を降りる。

「要するに、今回のはものだまじゃなかった、ってことだね。ものだまはたくさんいたけど、荒ぶったものだまのせいじゃ、なかったんだ」

わたしは言った。

「ちがうよ。さっきのは橘先生に納得してもらうためにした作り話」

「え?」

「ものだまのことを話すわけにはいかないし。だからそういうことにしといたんだけど。でも、これはものだまのしわざだよ。名づけて『りとぼぴー事件』。そして、犯人はたぶんあのチェスセット……」

「そうなの？」

「歌詞の羊がピース、つまりチェスの駒に変わってた。でも、その歌詞を考えたのは、先生自身じゃない」

「なんでそう言いきれるの？」

「もし七子が、教室で橘先生が歌ってるのを聞いて覚えたんだったら、だれかが覚えてるはずでしょ？」

「なるほど」

「それに、七子も北村さんたちも、りとぼぴーを歌うのは、ぼうっとしているとき。おしゃべりしたり、勉強してるときは歌ってないでしょ？」

「そういえば、そうだね」

勉強の合間にお菓子を食べてるとき、教室移動でぼうっとしてるとき……。歌っていたのはいつもそういうときだ。

「なにかに集中してるときは歌わないんだよ。歌っちゃうのは、心にすきまができたとき。授業中に先生がぼうっとすることなんて、たぶんそんなにないから」

その通りだ。

「犯人はチェスセット。みんなが歌っているのは、なくなった駒を捜す歌。そしてセットの駒がひとつない。となると、荒ぶっているわけは……」

「なくなった駒を捜してる？」

わたしは立ち止まった。

「そういうことかな」

「ねえ、鳥羽」

あのセットのルークが律くんのルークとそっくりだったことを思いだした。

律くんのルークには、ものだまがついている。律くんはものだまの声を聞くことができる。でも、ものだまの話はしたがらないし、かかわりたくない、と言っている。

ただひとつの例外が、ルークなのだ。あのルークだけはいつも持ち歩いているらしい。

そういえば、ルークをはじめて見たときからずっと気になっていた。鳥羽は、ルークには仲間がいない、と言っていた。ほかの駒はなくなってしまったんだ、と。それがどういうことなのか気にかかっていたのだ。

「ルークのことでしょ？」

鳥羽が訊いてきた。

「うん。似てたよね、律くんのルークと。それに、めずらしいでしょ、ああいう飾りのついている駒」

「そうだね。わたしもほかでは見たことがない」

「でも、律のルークはあのチェスセットとは無関係だと思いますわ」

　フクサが口をはさんできた。

「なぜじゃ？　なぜそう言いきれるんじゃ？」

　タマじいが訊いた。

「うーん。それは……」

　はっきりしない答え方だ。

「この前、鳥羽、言ってたじゃない？　律くんのルークには仲間がいないんだ、って。むかしはチェス盤もほかの駒もあったけど、いまはルークしかいないんだ、って。ほかの駒は、どうしてなくなっちゃったの？」

「それは……」

　フクサは口をつぐんだ。

「実はさ。話せば長いんだよね」

　しばらく経ってから、鳥羽がやっと口を開いた。

「ルークとその仲間たちは、もともとは、律のおじいちゃんのものだったんだ」

「おじいちゃん?」

「ええ。チェスが趣味だったそうですわ」

フクサが言った。

「律のお父さんの方のおじいちゃんでね。むかしは律の家族といっしょに住んでたんだよ。だけど……」

もごもごと口ごもる。鳥羽にしてはめずらしく、歯切れの悪い話し方だ。

「わたしたちが三年生のときだったかな。家が火事になって、チェス盤も駒も全部燃えちゃったんだ」

「ええっ、火事?」

びっくりして訊いた。

「律はあのルークが気に入っていて、よく駒を持ちだしてたんだよね。そのときも……。ルークが生き残ったのは、そのおかげなんだよ」

そんなことがあったなんて。どう言ったらいいかわからなかった。

「律は相当ショックを受けてた。それに、おじいちゃんも……。もともと病気がちだったみたいだけど、火事のショックで倒れて、意識がもどらないまま、結局亡くなったんだよね」

「そんなことが」

「あの坊主も、あれでなかなか苦労してるんじゃな」

タマじいがぶつぶつ言った。

「だから、律のルークの仲間たちは、二年前に全部なくなっちゃってる、ってことなんですの」

フクサが言った。

「そうか。じゃあ、別物なんだね。よく似てると思ったけど」

わたしはつぶやいた。

「だけど、たしかによく似てたよ。それに、あのセットの駒もひとつ足りないわけで……」

鳥羽に言われ、はっとした。

「足りないのはどの駒なんだろう?」

「だから、さっき、そのことを訊こうとしたら、七子に引っぱられて」

「ご、ごめん」

そういうことだったのか。早とちりしてしまったのをちょっと反省した。

「実は、律の家のチェスセットの話、わたしもくわしいことは知らないんだよ。火事で焼けたらしい、とは聞いたけど、それ以上は訊けなくてさ。まあ、無関係だとは思うけど、ちょっと気になって」

「じゃあ、どうしよう？　もう一度もどって、橘先生に訊く？」

「いや、ほかにも訊ける人はいる。そっちに行こう」

「だれ？」

「橘先生がセットを買ったお店の人だよ。そこでなら、セットの出どころがわかるかもしれないし。南口商店街のアンティークショップって言ってたよね。お店の見当はついてるんだ」

鳥羽はそう言うと、坂の階段をぴょんぴょんかけおりていった。

5　ポートベロー・マーケット

坂木駅の南口から、商店街に出た。

鳥羽によると、南口商店街のはずれに、アンティークショップや、骨董品店、民芸品店、外国の雑貨のお店などが集まっているところがあるらしい。

「ほら、あそこ」

鳥羽が指さす。

たしかに、ちょっと変わったお店が何軒も並んでいた。

「へえ。こんなとこがあったんだ」

「橘英語教室の雰囲気からすると、あそこだと思うんだ」

鳥羽がそのなかの一軒を指さした。店の前に、橘先生の家の家具と似た雰囲気の椅子や棚が並び、その横に看板が立てられていた。「Portobello Market」というアルファベットの店名の下に「ポートベロー・マーケット」とカタカナが書かれている。

　ガラス張りのドアを押すと、ちりんちりんと鈴みたいな音がした。なかには古い家具がたくさん積まれている。ソファにテーブル、棚、ランプ。

　しずかだった。ほかにお客さんはいない。

　奥から、チェックの帽子をかぶった髭のおじさんが出てきた。

「なにか探してるの？　きみたちふたり？　お母さんは？」

　子どもだけで来るのはめずらしいのだろう。おじさんはちょっと首をかしげて、わたしたちのうしろを見渡した。

「わたしたちだけなんです。すみません。ちょっと訊きたいことがあって」

　鳥羽が言った。

「前、ここに、すごくりっぱなチェスセットがありましたよね？　木でできた……」

「ああ、あれか。あったけど……。どうして？」

「前に来たとき、父があのセットを気に入ってたみたいで。父はチェスが好きなんです。もうすぐ父の誕生日なので、プレゼントにできたらいいかな、って。それで、いくらくらいのものか調べにきたんです。わたしのおこづかいでは買えないかもしれないけど、母と共同のプレゼントにすれば、って……」

　まったく鳥羽は……。いつもいつも、よくそれっぽい話を思いつくな。

「そうか。うーん、たしかに小学生のおこづかいでは、買えないかな。でも、お母さんといっしょなら……。だけど、ごめんね、あのセットは売れちゃったんだよ。先々週の土曜日にね」

おじさんが言った。先々週の土曜日……。橘先生がチェスセットを買った日と同じだ。まちがいない。橘先生はこの店であのセットを買ったのだ。

「ええっ、そうなんですか。残念」

鳥羽はほんとうにがっかりしたような顔になる。

「似たようなのは、ないんですか？」

「この店にあるものは、アンティークだからね。古い、だれかの使ってたものだから、どれもひとつずつしかないんだよ」

「これからチェスセットがはいる予定は？」

「はっきりは言えないんだ。そのときの縁でやってきたものばかりだから」

「そうなんですか。あれは、どこのものなんですか？」

「駒のケースについていたラベルによると、イギリスのチェスメーカーで一九二〇年ごろに作られたものらしい」

「イギリス製ってことは、イギリスで買ってきたんですか？」

鳥羽が訊いた。

「いや、ちがうんだ。イギリスに行って買いつけてくる品もあるんだけど、あれはね、この町の人から買ったんだよ。浅間山って小山、知ってる？」

「はい、知ってます」

「あのふもとに古いお屋敷があってね、そこの庭の蔵をとりこわすとかで、なかのものを処分しなくちゃならないらしくて」

おじさんが言った。

「蔵？」

鳥羽が首をひねる。

「見たことないかな？　古い家にある、土の壁の倉庫」

「あ、もしかして、土蔵のことですか？」

わたしは言った。

「そうそう。瓦の屋根で、扉や窓が分厚くて」

「学校で『むかしの暮らし』の勉強のとき習いました。でも、そんなのがいまの坂木町にあるなんて、知りませんでした」

「そうなんだよ。ぼくも知らなかった」

「チェスセットもそのなかに？」

　鳥羽が訊いた。

「亡くなった先代がイギリス好きだったらしくて、アンティークの家具やインテリアもたくさんしまってあったんだよ。それで、捨てるのはもったいないから、って家の人に相談されて、となりの骨董品屋さんと見にいったんだ」

「骨董品屋さん？」

「そう。うちは外国のもの専門だからね。蔵のなかには掛け軸とか、壺とか、日本の古いものもたくさんはいってるって話だったから、いっしょに行くことにしたんだよ。家の人には、売れそうなものがあったら、って言われたんだけど、結局ふたりでほとんど引きとってきた。どれも、ものもいいし、保存状態もよかったから」

「そうだったんですね。あーあ。もう少し早く来ればよかった」

　鳥羽ががっかりした表情で言った。

「残念だったね」

「あ、でも、そういえば、あのチェスセット、駒がひとつ、足りなかったような……」

　鳥羽がいま思いついたように言った。

「よく気づいたね」

「お父さんはチェスが好きだから。ちゃんとゲームができるか調べたくて、駒を数えたんです」

「そうか。あれは買いつけたときからなかったんだよ。もちろんそろってた方が高く売れるけど、アンティークの場合はインテリアとして使う人も多いから。駒が足りないこと以外は問題なかったし、なにしろすごくいいものだったから、迷わず買いとったんだ」

「なくなってた駒はなんでしたっけ？」

鳥羽が訊いた。

「ルークだよ」

「ルーク？」

どきん、とした。

鳥羽もはっとした顔になる。

「ちょっと変わった細工のある駒だったから、よく覚えてる。白のルークだ」

白のルーク……。律くんのも白のルークだった。

「わかりました。いろいろありがとうございました」

鳥羽がぺこっと頭を下げた。

「どう思う？」

駅に向かって歩きながらわたしは訊いた。

「うーん。白のルークか」

鳥羽も首をひねっている。

「律くんのといっしょだよね」

「関係ないと思うけど……」

鳥羽がぶつぶつつぶやく。

「だけど、あんなめずらしい形なんだよ。そんなにたくさんあるものじゃないでしょ？」

「それはまあ、そうなんだけど……。でも、律には訊けないし……。訊いたところで、律がわたしに話すとも思えない」

鳥羽は、はあっとため息をついた。

「たしかに……」

この前の駅の事件でもそうだった。律くんは鳥羽にたいして、すごく冷たい。とくにものだまの話がきらいみたいだ。

「とにかく『りとぽぴー』をおさめるためには、足りない駒を見つけなきゃならないわけで……。次は、その蔵のある家に行ってみるしか、ないよね。蔵なんてめずらしいから、行けば見つかるかも」

鳥羽が言った。

「でも、どうやって駒を捜すんじゃ？」

タマじいの声がした。ポシェットからタマじいを取りだす。

「それなんだよ。そこが大問題」

たしかに。お店ではなく、ふつうの人の家なのだ。そう簡単にははいれない。

「前に映画で、変装して『水道の点検です』とか『火災報知器の点検です』とか言って家にあがるのを見たぞ」

タマじいが言う。

「子どもにそんなこと、できるわけないでしょ？　それに、それは探偵じゃなくてスパイとか、怪盗なんとかじゃないの？」

鳥羽があきれたように言った。

「とりあえず、今日はここまでだね」

駅の時計を見ると、もう五時をすぎていた。

鳥羽と別れて家に向かって歩いていると、本屋さんから出てきた男の子とぶつかりそうになった。

「ごめん」

「ごめんなさい。うわ……」

驚いて顔を見合わせる。

律くんだった。カバンと本屋さんの袋をさげている。

「なんだ、きみか」

そう言うと、ぷいっと目をそらして、去っていこうとした。

「あ、あの」

わたしは思いきって声をかけた。

「なに？」

律くんがめんどくさそうにふりむく。

「あの、えーと……」

言いかけたものの、あとが続かない。

「本、なに買ったの？」

とっさにどうでもいいことを訊いてしまった。

「参考書」

律くんがぶっきらぼうに答える。

「そうなんだ……。な、なんの参考書？」

「なんでそんなこと訊くんだよ？」

律くんがじろっとこっちを見た。

「あ、ううん。別に意味はないんだけど……。あ、鳥羽がさ、律くんはすごく成績がいいって言ってたから、どんな参考書で勉強してるのかな、って」

「どうでもいいじゃないか、そんなの」

またぷいっと横を向く。

律くんってなんでこんなに冷たいの？　鳥羽と仲が悪いのは知ってるけど、わたしにまで……。それとも、だれにたいしてもこうなのかな？　少し腹が立つ。

「律くん、塾も行ってるんでしょ？　学校の宿題と塾の宿題で大変なのに、ほかにも参考書買うなんて、すごいよね。どんなの使ってるの」

めげずに食いさがった。

「なんでそんなこと気にするんだよ。きみには関係ないだろ？」

律くんはため息をつきながら、袋に手をつっこんだ。歩道にあるベンチに袋を置いて、取りだした本を二冊、ぐいっとさしだした。表紙に、『英語Ⅲ』『数学』と書かれている。

英語……え、えいご？　それに数学って……？

「これ、中学の参考書……？」

しかも、英語は中学三年生用だ。

「そうだよ。英語は前から習ってて、これから中三の内容にはいるんだ」

「そ、そうなんだ……」

驚いて、なにを言ったらいいかわからなくなった。

「もういい？」

律くんが言った。

「あ、あのさ、塾ってどこがいいのかな？」

話をなんとかつなげようと、わたしはあわてて訊いた。

「さあ。ぼくは電車で都心の塾まで通ってるから、このへんのことはよく知らない。きみ、中学受験するの？」

「え、わ、わたし？　いちおうするかも……。いまお母さんと相談中で……」

「まだ決めてないの？」

律くんが、なんだ、という顔になった。

「まあ、女の子だしね」

ふふん、と鼻で笑う。

「どうせ、ちょっとお上品なお嬢さま学校とかでしょ？　なら、いいんじゃない？」

なにそれ！　怒りそうになるが、おさえる。

「別に、そういうわけじゃ……。どんな学校に行くか、まだ考えてないよ」

「だからさ、いまの時点で考えてない、ってところが……。超難関校を目指すなら、もう受験対策はじめてるでしょ？　これからってことはさ、ちょっとやってみようかな、ぐらいの、ぬるい考えでしょ」

律くんの言葉に、ぐっと唇をかんだ。

まさに……この前、お母さんともそんな話をしたばかりだった。習いごともしたいし、ものだま探偵もやりたいし、そんなに受験受験ってがりがりやらなくてもいいよね、って……。

「きみ、おっとりした感じだしね。そのくらいでちょうどいいんじゃない？」

うぐ……。言葉も出ない。やっぱり、わたしの手には負えなかったかも……。

「律くんはどれくらい塾に行ってるの？」

「塾は週五」

え？　週……五……？

「土曜は個人教授の英語。母さんの後輩の大学院生がうちに来るんだ」

「個人教授？　すごいね」

さっきまで腹が立ってたけど、律くんは律くんで大変なのかも、と思った。週五回の塾に、土曜は英語の個人教授？　それじゃ、遊ぶひまなんて全然ない。これから塾を探すなんて言ってる子がぬるく見えるのは、あたりまえだ。

「鳥羽から聞いてないかな？　ぼくは弁護士になりたいんだ。両親も弁護士だし。公立小学校に通ってるのは父さんの方針で、社会勉強のためだよ。中学からは進学校に行く。英語は、日本の学校の教育じゃ世界で通用しないからね」

たしかにものだま探偵をやってる時間はなさそうだ。

「大人になったときに人から必要とされる人間になれ、って、父さんはよく言ってる。その通りだと思うよ。役に立つ人間になるためには、努力が必要なんだ。たしかに遊んでれば楽しい子ども時代をすごせるだろうけど、結局ダメな人間にしかならない」

ぎくっとした。律くんからしたら、ものだま探偵も遊びに見えているんだろう。

「ふだんは学校が終わったら塾なんだけど、今日はたまたま休みで。時間があいたから、本を買いにきたんだ」

それで参考書なのか……。

「大変だね」

「そう？」

律くんは、きょとんとした顔になった。

「塾に来てる子は、みんなぼくみたいな感じだよ」

それがふつう、という口ぶりだ。わたしとは別の世界に住んでるのかもしれない、と思った。

「そういえば、きみ、橘英語教室に通ってる、って言ってたよね」

「う、うん……」

もごもごと答える。言ってしまってからちょっと後悔した。律くんの個人教授にくらべたら、遊びみたいなものだ。きっとまたバカにされるにちがいない。

「あそこは悪くないみたいだよね」

意外にも律くんがそう言った。

「けっこう学力の高い子も通ってるしね。教え方もいいって評判だよ」

「そ、そうなんだ……」

なんでもかんでもバカにするってわけじゃないみたいだ。

「もういいかな。帰るよ」

「あ、あのさ、律くん」

「なんだよ。もう、いいかげんにしてくれよ」

あきれたように言って、はあっと大きくため息をついた。

「律くんのルークって……。ほかの駒はなくなっちゃったんだよね？」

思いきって訊いた。

「そうだけど？」

「鳥羽は、火事で焼けちゃった、って言ってたけど、ほんと？」

「そうだよ」

「それで、ルークだけ、律くんが持ってたから助かったんだよね」

「あいつ、そんなことまで話したのか？」

律くんの顔がけわしくなった。

「う、ううん、わたしが無理に訊いたの」

あわてて答えた。

「なんで?」

律くんがじろっとこっちをにらんだ。

「あの……」

話すかどうか迷った。でも、はっきり話さないと鳥羽が悪く思われてしまう。

「実は、橘英語教室にはアンティークがたくさん置いてあるんだけど、最近そこにあたらしくチェスのセットがはいってきたの」

「チェスセット?」

律くんが首をかしげた。

「う、うん。橘先生が南口商店街のアンティークショップで買ってきたものなんだけど……。イギリス製で、古くて、木でできてるの。それで、ほかの駒はふつうの形なんだけど、ルークだけちょっと変わってて、塔のうえに鎧を着た人が乗ってるの」

「人が?」

「律くんのルークもそうだったでしょ?　それにそのセット、白のルークがひとつ欠けてるみたいで……」

「もしかして、きみは、うちのルークがそのセットの一部かも、と思ったのか」

「そ、そこまでは……」

わたしは首を横に振った。

「でもね、鳥羽に訊いたの、律くんのルークのこと。そしたら……」

「なるほど、わかったよ。また、ものだまがらみだな？　どうせそのチェスセットにものだまがついてるって話だろ？　それで、なんか変なことが起きてる。それを調べるために探偵ごっこをはじめた、ってわけだ」

律くんがあきれたように言った。

「いいよね、きみたちはヒマで。放課後、探偵ごっこして遊んでればいいんだから」

またしても、うぐっ、となる。

「ぼくは役立たずにはなりたくないんだ。のんびり遊んで生きてたらそのときは楽しいだろうけど、先にはそれなりの人生しかない。きみもよく考えたほうがいいよ」

なにも答えられなかった。律くんは律くんで大変なんだろうけど、バカにされているような気がして、いい気持ちはしない。

「人の人生にケチをつける気はないけどね。なにが大切かは人それぞれだし」

律くんは「上から目線」で続けた。

「とにかく、おあいにくさま。桜井(さくらい)が言った通り、うちのチェスセットは火事で燃えてしまったんだ。あとかたもなく、ね。だから、そのセットとは関係ない」

「うん。だけど、ほんとに似てたんだよ。そっくりだった。だから……」

「そんな偶然、あるわけないだろ？　たしかにうちのルークは古いし、変わった形をしてる。それに、うちのセットもそうだった。ルークにだけ人形の飾りがついてて、あとはふつうの形だったんだ。でもね、形が似てるからって、知り合いが持ってる駒が、自分の通ってる教室にあるセットの一部だなんて、ご都合主義もいいとこだ。全然論理的じゃない。きみ、探偵の素質、ないんじゃないの？」

「そんな……」

たしかに探偵の素質なんてないかもしれないけど……。フクサにもよく新米あつかいされてるけど……。なんでそんなことまで言われなくちゃならないの？

「だいたい、もともとアンティークショップにあったチェスセットだろ？　どこから来たのかわからないじゃないか」

「どこから来たのかはわかってるよ」

少しむすっとして言った。

「アンティークショップの人に聞いたの。浅間山の近くの蔵のある家だって」

「浅間山？　蔵のある家……？」

とつぜん律くんが目を見開いた。

「どうかした？」

「いや、なんか、むかし、蔵のある家に行ったことがある気がして……」

「ほんと？」

「そうだ、おじいちゃんに連れられて行ったんだ。浅間山の近くで、庭に蔵があってさ、なんだろう、って思った記憶がある。おじいちゃんの大学のときの先生、って言ってたような……」

律くんが空を見あげた。

「ねえ、そのおじいさんって、チェスセットの持ち主だった人？」

「そうだよ」

律くんのおじいさんと蔵のある家に関係があった？

「とにかく、ぼくの家は全焼だったんだ。家のものは全部、影も形もなくなった。チェスセットもね。だからそのセットとルークにはなんの関係もないよ」

律くんはつっぱねるように言って、目をそらした。

「もう帰るよ。ばかばかしい。さっきも言ったけど、ぼくはいそがしいんだ。探偵ごっこにつきあってる時間はない」

そう言って、くるっとうしろを向いて去っていった。

6　ルークの記憶

「あれは相当ひねくれとるのう」

タマじいがため息をつく。

鳥羽（とば）やフクサの言ってたことがよくわかった気がした。はじめて会ったときはフクサも高飛車だと思ったけど、そういうのとは全然ちがう。

――ちょっとやってみようかな、ぐらいの、ぬるい考えでしょ。

――きみ、おっとりした感じだしね。そのくらいでちょうどいいんじゃない？

たしかに勉強勉強で毎日大変なんだろうとは思うけど、なにもあんな言い方しなくたって。

なんなのよ、まったく。受験勉強してるのが、そんなにえらいの？　中学生用の参考書なんて買っちゃって……。

と、そのとき、さっき律（りつ）くんがベンチに置いた本屋さんの袋が目にはいった。

「あれ？　忘れてる……」

そういえば、さっき、律くんは話しながら、自分の持っていたカバンに参考書をしまってた……。きっとこの袋のこと、忘れちゃったんだ。でも、まだなにかはいってるみたい。

わたしは袋をひろいあげた。あけてみると、本が一冊残っている。

「なんだろ？」

参考書じゃない。文庫本だ。でも、本屋さんのカバーがかかっているから、表紙は見えない。律くんって、どんな本読んでるんだろう。やっぱりむずかしい本なんだろうな。

気になって、ちらっとめくった。

「え……？」

『バスカヴィル家の犬』

扉のページを見て驚いた。『バスカヴィル家の犬』って、「シャーロック・ホームズ」シリーズの一冊じゃないか。

なんだ、律くんもシャーロック・ホームズ、読むんだ。大人向けの文庫本だけど、探偵物だ。

ふーん。ちょっと笑いそうになった。探偵ごっこにつきあう気はない、なんて言ってたけど、律くんもこういうの、ほんとは好きなんじゃ……。

「忘れ物をしていったようじゃの」

タマじいが言った。

「うん」

「で、どうするんじゃ？」

「どうする、って……。このままここに置いとくわけにはいかないし、でも、家も連絡先もわからないし」

「娘っ子ならあやつの連絡先を知ってるんじゃないかの？」

「鳥羽？　知ってるかもしれないけど……」

本を忘れていったと言ったら、忘れた方が悪いから放っとけば、と言われるにちがいない。

「まあ、たしかにな」

「もどってくるかもしれないし、しばらく待ってるしかないね」

袋をもとの場所に置いて、ベンチにすわる。

「そういえば、あやつの話、どう思った？」

タマじいが言った。

「蔵の家に行ったことがある、って話でしょ？　わたしも気になってたんだ」

「たしかに、世の中そんな都合のいい偶然はそうそうない。じゃが、チェスセットのもとの持ち主とあやつの祖父が知り合いとなると……」

「けど、律くんちは全焼で、家にあったものは全部燃えた、って」

「しかし、そのチェスセット、そのときほんとに家にあったのかの？」

タマじいが言った。

「どういう意味？」

「たとえばじゃな、火事のとき、たまたまチェスセットを貸していた、とか」

「そうか、そうしたら……」

チェスセットは律くんのおじいさんのものだった。だが、火事のときはたまたま蔵の家の人に貸していた。ルークだけは律くんが持ちだし、残りは蔵の家にあった。だから、両方火事にあわなかった。

その後、ルークは律くんがずっと持っていた。チェスセットは蔵の家にあって、最近アンティークショップに出され、橘英語教室にやってきた……。

「おじいさんは火事のショックで倒れてそのまま亡くなったという話じゃったし、火事は大ごとじゃ。ほかの者はチェスセットにまで頭はまわらないじゃろ」

「でも、蔵の家の人は？　借りたものなら、返しにくるんじゃない？」

「家がどたばたしているときには行かんじゃろ。生活必需品ならともかく、ゲームじゃからな。もうちょっと落ち着いてから、と思うはずじゃ」

「でも、だとしても借り物でしょ？　アンティークショップに出しちゃうのはおかしくない？」

「あの店の主人は、蔵の家のアンティークの持ち主は亡くなった先代だと言っておった。おそらく、その先代があやつの祖父の大学時代の先生じゃ。チェスセットを借りたのは、その先生じゃろ。しかし、先代も亡くなっておるわけで、残された家族はそもそもそれが借り物だということを知らなかったのかも」

「なるほど。それで、そのままになってて……」

つじつまは合ってる気がする。だとしたら……。

「ちょっと」

そのときうしろから男の子の声がした。うわっ、と声をあげそうになった。

ふりかえると律くんがいた。

「あのさ、このへんにさっきの本屋さんの袋、なかった？」

「あ、もしかして、これ？」

　いま気づいたような顔で袋をさす。わたしがなかを見たと知ったら、律くんが不機嫌になると思ったからだ。

「あった……」

　律くんは、ちょっとほっとしたような顔になった。

「じゃあ」

　そう言って袋を持つと、歩きだそうとした。

「あ、ちょっと待って」

　わたしはあわてて呼びとめた。

「なに？」

「あのね、さっきのチェスセットの話、ちょっと考えてみたんだけど……」

　わたしはタマじいといっしょに考えたことを話した。

「つまり、チェスセットは、火事のときはその家に貸しだされていた。だから火事にあわず、その家にあった。そういうこと？」

　わたしの説明を聞いた律くんが言った。

「うん」

わたしはうなずいた。さっきはつじつまが合っている気がした。でも、そう訊かれると、急に自信がなくなってきた。

「チェスセットはおじいちゃんのものだから、貸してたとしても父さんと母さんはなにも知らないと思うけど」

律くんが首をひねる。

「けど、やっぱりありえないよ、そんなこと」

「もちろん、すべて、そういうこともあるかも、というだけの話じゃがの」

タマじいがのんびり言う。

「あのね」

「なんだよ」

律くんがめんどくさそうに答える。

「実はね、鳥羽とわたし、その家を探してみよう、って話してたの」

「またか……」

ますます声が冷たくなる。

「その蔵の家の人の名前、覚えてない？」

「さっきも言ったけど、関係ないと思うよ」

「律くんのルークには関係ないかもしれないけど、そのセットのルークをどうしても見つけなきゃならないの。そのためには、蔵の家に行かないと。お願い、律くんには迷惑かけないから」

両手を胸の前で合わせ、頭を下げる。律くんのため息が聞こえた。

「……唐木先生、だったかな」

「唐木先生？」

「うん、たぶん」

「ありがとう」

ちゃんと教えてくれた。ちょっとびっくりしながらお礼を言った。

そのとき、どこからか小さな声がした。

「ルーク？」

律くんがポケットからなにか引っぱりだす。声の主はルークだった。これまでずっと黙っていたルークが口をはさんできたのだ。

「どうかしたのか？」

「すみません。なんとなく聞き覚えがある気がして……。その、唐木先生、という名前に……」

ルークが言うと、律くんの表情が変わった。これまでとはちがう、真剣な顔だ。

「なにか思いだしたのか？」

「いえ、はっきりとは……」

ルークはそこまで言って、言葉をのみこんだ。

「思いだす、ってどういうこと？」

ふたりの様子が気になって、きいた。律くんは、しまった、という顔になったが、少し迷いながら口を開いた。

「実は……。ルークは、火事で仲間がいなくなったショックで、記憶をなくしてしまったんだ」

「え？　記憶がない？」

「むかしのことはあまり思いだせない。とくに仲間のチェスセットのことは」

それって、記憶喪失？

じゃあ、もしかして……。

――ルークも、むかしはあんなじゃなかったんだけどな。

前にフクサはそう言っていた。もしかしたら、それも、記憶がなくなってしまったせい？

「そのこと、鳥羽とフクサは知ってるの？」

「いや」

律くんは目をふせた。

「どうして？」

「言ったら、どうせまた、あいつは探偵ごっこをはじめるだろ？　ルークの記憶を取りもどす、とか言ってさ。まわりでごちゃごちゃ騒がれたくなかったんだ」

「まあ、たしかに、あの娘っ子は騒がしいからの」

タマじいが、うんうん、とうなずく。

鳥羽も、まさかそんなときに大騒ぎしたりはしないと思うけど、そっとしておいてほしい、という気持ちもわかる。

「きみも、あいつにはこのこと、言わないでくれよ」

「わ、わかった」

「それと……。さっきのチェスセットを貸してたって話、やっぱりありえないよ」

「でも、ルークは唐木先生という名前に聞き覚えがある、って……」

「それは、おじいちゃんから話を聞いてたからなんじゃないの？　教え子なんだから、先生の話をすることだってあるだろう。でも、だからってチェスセットを貸したってことにはならない」

その通りだ。答えられず、ぐっと黙った。

「じゃあ、もう、いいかな。ぼくはいそがしいんだよ」

律くんはくるっとうしろを向いて、去っていった。

7　七子の決意

水曜日の朝、学校に行く途中、鳥羽に律くんから聞いた話をした。

「えっ？　蔵の家の人が、律のおじいさんの先生……？」

鳥羽は目を丸くした。

「でね、タマじいと考えてみたんだけど」

あのときのタマじいとわたしの推理を話した。

「なるほどね。七子にしてはよく考えたじゃない」

鳥羽が、ほめてるんだかなんだかわからない言い方をした。

「そうですわね。タマじいもたまには役に立つってことですわね」

フクサもえらそうに言う。タマじいは……反応がない。またしても寝ているらしい。

「でもちょっと弱点があるね。七子たちの推理では、唐木先生のところに貸しだされる前に、ルークは律が持っていってた、ってことだよね」

「う、うん」

「じゃあさ、チェスのセットはなんのために貸しだされたのかな？」

なんのため……？

「チェスをするためじゃないの？」

うしろからランドセルが言った。

「だよね。だったら、貸すときに駒がそろっているか、調べるんじゃない？」

「あっ」

わたしは声をあげた。

「律がよく駒を持ちだしていたんだったら、なおさら確かめるはず」

その通りだ。

「まあ、でも、チェスセットはチェスだけに使うわけじゃない。たとえば、橘先生みたいに飾る人もいるし、絵に描いたり、写真を撮るために使う、ってこともある。それだったら全部の駒がそろってなくてもいい」

「じゃあ、まちがいじゃないかもしれないんだね」

わたしはほっとした。

「そうだね。だけど、律のルークがあのセットの駒だとすると、ちょっと困ったことになるなあ」

「え？」

「なになに？　どういうこと？」

ランドセルが訊いた。

「チェスセットが荒ぶっているのが、欠けた駒を捜すためだったとしたら……。しずめるにはどうしたらいい？」

「それは、欠けた駒、ルークをもとにもどせば……」

そこまで言って言葉が止まった。欠けた駒が律くんの持っているルークだとしたら、セットに返さなければならなくなる。

「なに？　どういうこと？」

ランドセルが訊いてくる。

「荒ぶってるセットをしずめるためにルークをセットに返すってことは……律くんがルークを手放すことになるでしょ？」

「律くんって、あの男子でしょ？　ボク、あの子、きらい」

ランドセルがむくれた。

「いじわるだし、えらそうだし」

前に会ったときのことが忘れられないらしい。

「まあ、そもそも、律が同意するとは思えないしね」

律くんはものだまにかかわりたくない、って言ってたけど、ルークとはきっと仲良しなんだと思う。だとしたら、離れたくないに決まってる。

「あとは、事情を説明して、チェスセットに納得してもらうか。とにかく、まずは律のルークがほんとにあのチェスセットの仲間か調べないといけないね。いまは、わたしたちが、なんとなく似てると思った、ってだけでしょ？　ちゃんと、ふたつ並べて確かめる必要がある」

鳥羽が言った。

「英語教室に律くんのルークを持っていくってこと？」

「そうだね」

「明日はレッスンの日だから、英語教室に入るのは簡単にできる……」

「問題は、律のルークをどうするかだよね。橘英語教室にいっしょに行ってもらうか、ルークを借りてくるか。うーん、とても協力してくれるとは思えない……」

鳥羽が、腕組みする。

「律くんに頼んでみる」

わたしは言った。

「ええっ？」

鳥羽が大声をあげた。

「ダメなの？」

「そうじゃないんだけど、ただ、びっくりしただけ。七子にしては積極的というか……」

律くんと話してから、ルークの記憶のことがずっと気になっていた。仲間が見つかれば、ルークの記憶喪失もなおるかもしれない。そうしたら、律くんだって、あんなふうじゃなくなるかも……。

「もしかしたらルークの仲間が見つかるかもっていう話でしょ？　そのあとどうするかって問題はあるけど、頼めば、貸してくれるような気がする」

律くんと約束したし、鳥羽にルークの記憶のことは言えない。わたしががんばるしかないんだ。

「七子、なんだか今回は妙にがんばるね」

「そ、そんなこと、ないよ」

「探偵としての自覚が芽生えたってことじゃありません？」

　フクサが笑った。

「かもね。とはいえ、どうしよう。わたし、明日は家の用事で、すぐに帰らなくちゃならないんだ」

「ええっ？」

「親戚の食事会だから、帰りもちょっと遅くなりそうで。それに、この前行ったばかりだし、そう何度もあがりこめないよねえ」

となると、わたしがひとりで律くんからルークを借りて、英語教室に行って、ルーク同士をくらべる……？

　そんなこと、できるだろうか。もし見つかっちゃったら？　鳥羽みたいにいろんな言いわけを考えられるわけじゃないし。

　でも……。

「ひとりでやる」

　気がつくと、そう言っていた。

「えええっ」

　鳥羽とフクサが目を丸くした。

「自信ないけど、やってみる」

「へえ」

鳥羽が立ちどまり、こっちをじっと見た。

「な、なに？」

少しあとずさる。

「いや、七子も探偵らしくなってきたな、って思ってさ」

鳥羽はにやっと笑った。

「それに、律からルークを借りるのは、七子ひとりの方がいいかも。ただね、もし仮に律のルークがそのセットの一員だったとしても、駒がそろっただけで、荒ぶったものだまがしずまるとはかぎらない」

「え、どうして？」

「チェスセットが荒ぶる理由が、『ルークがなくなった』ことだけじゃないかもしれないから。なくなった理由に腹を立ててるとか、いろいろあるでしょ？」

「そうか……」

荒ぶったものだまはへそを曲げた人間と同じ。けっこうデリケートなのだ。原因を解決しただけじゃ、気持ちがおさまらないこともよくある。これまでも、そんなときは鳥羽がものだまを説得してきた。

「それに、律のルークをそのまま置いてくるわけにもいかない。だからね、今回は、ふたつのルークの写真を撮ってくるところまででいい」

「でもさ、一度会わせたのにまた連れて帰っちゃったら、もっとはげしく荒ぶったりしないかな？」

不安になって訊いた。

「そうだねえ。そこはちゃんと説明するしかないよね。荒ぶってるときでも、こっちの話は聞こえてるはずだから」

「うん、わかった」

わたしはうなずいた。


「というわけで、ルークをちょっと貸してほしいの」

昼休み、ひとりで一組の教室に行き、律くんに頼んだ。

「なるほどね。まあ、わかったよ。けど……」

律くんは口ごもった。

「大丈夫だよ。もしルークがそのセットのひとつだったとしても、そのまま置いてくるなんてことは絶対しないから」

「そ、そういうことじゃ……」

そこまで言って、目をそらす。

「行ってみたいです」

そのとき、ポケットから声がした。ルークだ。律くんがはっとした顔になる。

「そこに行けば、もしかしたらなにか思いだすかもしれませんし」

ポケットのなかからルークが続ける。

律くんが目を閉じた。

「いいよ。わかった」

目をあけて、律くんが言った。

「貸してくれるの？」

「ああ。あいつとちがって、きみはむちゃくちゃなことはしなさそうだし」

「あ、ありがとう」

「ただ……。ぼくの帰りは遅いから、その日はルークを受けとれない。だから、ひと晩、きみのところで預かってもらうことになる」

「うん、わかった」

「ルークもいいよな」

「はい」

ルークが答える。心なしか、いつもより緊張した声のような気がする。

「じゃあ、明日、帰りの会が終わったら、教室まで来て。ルークを預ける」

律くんが言った。

8　ふたつのルーク

木曜の放課後、律くんからルークを借りて、早めに橘英語教室に向かった。

教室に着く前から、心臓がどきどきしていた。

できればレッスンの前に仕事を片づけておきたかった。そうでないと、レッスン中もどきどきして、集中できない。

「大丈夫ですか」

声がした。

「えっ？」

ルークの声だと気づき、ポケットから出した。

「さっきからずっとひとりごとを言っているので……。緊張しているのですか？」

心配そうに言う。ぶつぶつつぶやいているのが聞こえていたらしい。

「大丈夫だよ」

そう答えると、ルークはほっとしたような顔になった。

「ま、いざとなれば、わしもおるからの」

ポシェットからタマじいの声がした。

「そうだね。でも、ルーク、心配してくれてありがとう」

がんばって、にこっと笑ってみた。

ルークはふしぎそうな顔をした。

「でも、そのチェスセット、ほんとにわたしの仲間なんでしょうか?」

「それは、行ってみないとわからないけど……」

「そうですね」

目を閉じて、ルークは黙った。

橘英語教室が見えてくる。かなり早く着いた。また心臓がどきどきしてくる。

「あ、あそこだよ」

わたしはルークにそう言ってから、そっとポケットにしまった。

家にあがり、部屋に通される。ほかの子はまだだれも来ていなかった。

「ずいぶん早かったのね。時間までちょっと待っててね」

橘先生はそう言って部屋を出ていった。

「どうじゃ？」

ポシェットからタマじいの声がした。

「うん、まだだれもいない。先生も出ていっちゃったし」

「いまじゃな」

「そ、そうだね」

ごくん、とつばをのむ。椅子にすわったまま、動けない。

どうしよう。うまくできるかな。

「早くせい。迷っているヒマはないぞ」

「わ、わかってる、って」

早くしないと。ほかの子が来たり、橘先生が戻ってくる前に……。

わたしは立ちあがった。どきどきがどんどん激しくなってくる。

前と同じ、窓の前の棚にチェスセットが置いてあった。駒の箱をそっとあける。

ルーク、ルーク……。あった。黒いルークはふたつあるけど、白いルークはひとつしかない。白のルークを引っぱりだし、ボードの上に置いた。

そっくりだ。

「どうじゃ？」

「どうですか」

タマじいとルークの小さな声がした。

「ごめんごめん」

あわててポケットからルークを取りだす。

外に出たルークは、ボードのうえの白いルークを見て、息をのんだ。

「同じです」

目を丸くして言った。

ふたつのルークを並べて置いた。大きさも形も、塔のうえの人も、全部同じだ。

「わしにも見せてくれ」

タマじいの声がした。

「ごめん、いま出すよ」

タマじいをポシェットから出し、ふたつのルークを見せる。

「うーむ。こりゃ、たしかに、同じじゃな」

タマじいが言った。

まちがいない。ルークはこのセットの一員だ。

もしものだまがしずまれば、ここで駒たちに顔がうかびあがって、話ができるようになるはず。

だが、なにも起こらない。

「チェスセットさん」

ひそひそ声で話しかける。

「なくなったルーク、この子じゃないですか？」

答えはない。

やっぱり……。鳥羽が言ってた通り、駒がそろっただけじゃ、しずまらないのかもしれない。

――だからね、今回は、ふたつのルークの写真を撮ってくるところまででいい。

鳥羽の言葉を思いだす。

そうだ、写真を撮るんだ。ふるえる手で携帯を取りだし、写真を撮る。

そのとき、玄関のチャイムが鳴った。

どきんとして、心臓がとびだしそうになった。

「こんにちはー」

ほかの子が来ちゃった。

「だれか来たぞ」

タマじいが言った。あわててタマじいをポシェットにつっこむ。

そして、ルークも……。ええと、こっちだったよね？

「ルーク？」

ささやくように言った。

「はい。わたしです」

ルークも小声で返してくる。

「ごめんね、また今度連れてくるからね」

あわてて駒たちに言って、セットのルークを箱にしまった。

律のルークと携帯電話をポケットに入れたとき、ドアの方から声がした。

「あ、桐生さん、もう来てたの？　一番乗りかと思ってたのに」

ふりむくと、北村さんだった。

「う、うん、ちょっと、時間をまちがえちゃって……」

ごまかし笑いをして、テーブルの方に移動する。

「ふうん」

北村さんは椅子にカバンを置き、ノートやテキストをテーブルのうえに出した。

「りとぽぴー、りとぽぴー」

テキストをめくり、ぼんやりながめていた北村さんの口から歌がこぼれだす。

「あ、北村さん、また、歌……」

「やだ、ほんとだ。ここのところなおってたのに、また出ちゃった」

北村さんが笑った。

ってことは……？

チェスセットを見た。やっぱり、まだ荒ぶってる、ってことだよね。だけど、さらに激しくなった、ということはないみたいだ。ほっとして胸をなでおろす。

ほかの子たちも次々にやってきて、レッスンがはじまった。

レッスンのあとは先生に別のお客さまがあるらしく、みんなすぐに出なければならなかった。

帰り道、北村さんも横田（よこた）さんもまた「りとぽぴー」を歌っていた。

「しずまらなかったね」

北村さんたちと別れてから、タマじいに話しかけた。

「そうじゃな。ルークは瓜ふたつだったんじゃが……」

「とりあえず、写真送らなくちゃ」

わたしは鳥羽と律くんに双子のルークの写真をメールで送った。鳥羽には、「ルーク同士はそっくりだったが、りとぽぴーはおさまらなかった」、と書いて、送信ボタンを押した。

家に帰り、宿題をすませると、お父さんが帰ってきた。それから夜ごはん。タマじいもルークもランドセルも、そのあいだずっとわたしの部屋にいた。

「ルーク？」

お風呂のあと自分の部屋にもどって、すぐにルークに話しかけた。

「はい」

ルークが小さな声で答える。

「どう？」

「大丈夫じゃよ」

ルークのかわりにタマじいが答えた。

「ランドセルがむくれて、大変じゃったが……」

「そんなこと、ないよ！」

ランドセルがむきになって答えた。

「この人、そんなにこわい人じゃ、ないみたい」

ランドセルがはずかしそうに言った。

ルークは、ちょっとびっくりしたような顔になった。

「いま、話をしてたところだったんだ。すごく礼儀正しいものだまだよ」

ハシラの声もした。

「ただ、少し、さびしそうですけどね」

トランクが言った。

「そんなことは……。ただ、ちょっと驚いているだけです」

ルークが言った。

「なんで？」

わたしは訊いた。

「ここには、ずいぶんたくさんものだまがいるので。律の家にはものだまはほとんどいませんから」

ルークがとまどったように言った。

「そうじゃな、ここは驚くほどものだまが多いからのう」

タマじいが笑った。

ものだまは、人に話しかけられる「もの」に宿る。お母さんもわたしも「もの」に話しかけるくせがあるせいで、前の家から連れてきた「もの」にも、宿っているものがたくさんあった（この町に来るまではそんなものが宿っているなんて知らなかったのだけれど）。

「ねえねえ、記憶がない、ってどんな感じなの？」

ランドセルが訊いた。そんなこと、訊いちゃダメだよ、ルークだってつらいかもしれないのに、と思ったが、もう遅い。

「どんな感じ、とは？」

「えーと、悲しい、とか、さびしい、とか……」

ランドセルが考えながら言った。

「悲しくもさびしくもないです。覚えていないので。むずかしいですね。いままで考えたこともなかった。ただ、むかしのことを思いだそうとすると……」

ルークが宙を見あげた。言葉を探しているみたいだ。

「少し、あたたかいような」

「あったかい？」

ランドセルがふしぎそうな顔をした。

「いえ、なんとなく、ですが。ぼんやりと遠くにあたたかいものがあって、だけど、形がよくわからない。さわることもできない」

　ルークが目を閉じる。あたたかい、ということは、きっといい思い出があるんだと思う。だけど、思いだした方がいいのかはよくわからない。だって、おじいさんは亡くなってしまったし……。

「そうなんだ、よくわかんないけど……。でも、きっといいことがたくさんあったんだね、そのころ」

　ランドセルが言った。

「そうかもしれません」

　ルークは、びっくりしたような顔になった。

「律くんのおじいさんも、ものだまと話せたの？」

「はい。あまりはっきりは覚えていませんが。それにおじいさんのところに来る前から、わたしたちにはものだまがついていた、と聞いたような気が……」

「その前にも持ち主がおったということか。ふーむ」

　タマじいが言った。

「ねえ、ルーク。この前、唐木先生の名前に聞き覚えがあるかも、って言ってたでしょ？　それって、どんな感じなの？　直接会ったことがあるのか、話に聞いただけなのか。唐木先生の家に行ったことがあるのか」

わたしは訊いた。

「それもはっきりしないんです。すみません」

ルークは申しわけなさそうに言った。

「しかたないよ。チェスの駒にとって、ほかの駒は家族、盤は家みたいなものでしょ？　それがいっぺんに全部なくなってしまったんだもの。きっとつらかったと思うから」

わたしがそう言うと、ルークは目を丸くし、息をのんだ。

「つらい？　そうなんでしょうか？」

ぽかんとした顔だ。

「そうでしょ？　どうして？　あたりまえじゃない」

「そんなこと、思ったことありませんでした」

ルークが下を見る。

「あのころ、律はいまより小さかった。だけど、泣かなかった。おじいさんが亡くなったときも。なにも言わずに、じっとしてた。わたしのことをぎゅっと握って。わたしはそんな律をはげましたかった」

　あの律くんが……。ルークをぎゅっと握っていたのは、泣きたい気持ちをおさえてたんだ。泣くかわりに、ルークをぎゅっと握ってたんだ。

「律は、しばらくなにもしゃべらなかった。それから、勉強するようになった。同じくらいの子が遊んでいても関係なく、塾に通って、机に向かって。毎日、いそがしそうで。だから……」

　ルークの言葉に、胸がぎゅっとなった。

「いままで、自分が悲しいかどうかなんて、考えたこともなかった」

　そう言って、黙った。みんな、なにも言わなかった。

「えらかったわね」

　しばらくして、トランクが言った。ルークは答えない。

「ものだまも人と同じだからな。あまりに悲しいことがあると、なにも感じていないような気がしてしまう。心がなくなったように感じることもある。わたしも、この家の前の持ち主が引っ越してしまったとき、同じような気持ちになった」

　ハシラの声がした。

「だけど、七子たちが越してきて、心が目覚めてきたんだ。きっと心がなくなることはないんだよ。冬に葉が落ちても春になればあたらしい芽がまた出てくる。それと同じなのかもしれないな」

ゆっくりと言って、目を細めた。

「しかしのう……おまえさんが荒ぶらずにすんだのは、あの坊主のおかげかもしれんな。あの坊主も、おまえさんがいたおかげで救われていたのじゃろうし」

タマじいの言葉にはっとした。そうだ、そんなことがあったのなら、ルークだって荒ぶっていたかもしれない。

「そうでしょうか」

「そうじゃよ。つらいとき、いっしょにいるだけで救われることもある。相手を元通りにすることはできないかもしれん。大切なものをなくしたときは、とくにな。それでもまた時が経てば、笑えるときが来る。だれかといっしょにいれば、それまでじっと耐えることができるんじゃよ」

そのとき、携帯電話のメールの着信音が鳴った。

律くんからだった。


メールの写真、見た。

たしかにルークと同じ駒だと思う。
唐木先生の家には、ぼくもいっしょに行く。

そう書かれていた。

9　唐木先生の家

その日は鳥羽からのメールはなく、話をしたのは次の日、学校に行ってからだった。

「で、ルークは？　まだ持ってるの？」

鳥羽が言った。

「ううん。朝、門の前で律くんが待ってて……」

そこで返したのだ。

「ともかく、ルーク同士はそっくりだったんだけど、ルークを見せてもチェスセットはしずまらなかった」

「なるほどね」

鳥羽は、わかったというような顔をした。

「なに？　どうしてなのか、鳥羽、わかったの？」

「いや、まだ完全にわかったわけじゃない。でも、なんとなく、ここまでは想像通り、ってとこかな」

「どういうこと？　教えてよ」

じれったくなってそう訊いた。

「あとでね」

鳥羽はもったいぶって話してくれない。

「律にも写真、見せたの？」

「うん。きのうメールで送った。律くんもそっくりだって言ってたよ」

「ふうん」

天井を見あげた。なにか考えてるみたいだ。

「ねえ、フクサ」

わたしは前にフクサがルークについて言っていたことを思いだし、話しかけた。

「なんですの？」

「前に、ルークはむかしはあんなじゃなかった、って言ってたよね？」

「え、ええ、言いましたけど……」

フクサがふしぎそうな顔をする。

「じゃあ、どんなだったの？　話し方とか、性格とか、いまとちがうの？」

「どんな、って……。いいえ、あの気取った話し方はいまと同じですわ。ものしずかで、まじめで、みょうにていねいで。まあ、そういえば、いまと似たようなものですわね」

「そうだね。要するに、あんまり本心がわからないものだまだった気が……」

　鳥羽が思いだしながら言った。

「いいえ、そうでもありませんでしたわよ」

「え、そうなの？」

　鳥羽が驚いて訊く。

「ええ。いつだったか、ふたりきりになったとき、いろいろお話ししたんですの。わたしがわからずにいた植物の名前を教えてくれたりして、ずいぶん楽しそうに、律と行ったハイキングの話なんかをしてくれましたわ」

「そんなことがあったんだ」

「そのとき感じたんですの。ああ、このものだまは、ふだんあんまりしゃべらないけど、お高くとまってるんじゃなくて、不器用で人見知りなのかもしれないな、って。無口だけど、悪いものだまじゃない、って」

「そうなんだ」

　きのうの夜のことを思いだす。不器用で人見知り。無口だけど、悪いものだまじゃない。わたしもそんな気がした。

「で、唐木(からき)先生のとこに行く話だけど……」

鳥羽の声がした。

「それなんだけどね、実は、律くんもいっしょに行く、って言ってるんだけど……」

ためらいながら言った。

「え？　えええっ？」

鳥羽があとずさった。

「嘘でしょ？」

「ううん。ほんと」

わたしは律くんからのメールを見せた。

「そ、そうなんだ。ま、律のおじいさんは唐木先生の教え子だし、律がいれば家にあがりやすくなるとは思うけど……」

「いいんですの？」

フクサが驚いた顔をした。

「別に、かまわないよ。わたしはだれかとちがって寛大な性格なんで」

鳥羽は笑った。が、口の端がぴくぴくとふるえている。

「でも、すぐに『ものだま探偵団(たんていだん)』に入れてあげるってわけじゃないからね」

「え？」

いや、たぶん律くんはそんなこと思ってなくて……。

「まあ、律が頭を下げるんだったら、考えてあげてもいいけど」

鳥羽がふふん、と笑う。

なにか勘ちがいしてるみたいだけど……。

鳥羽と律くんが顔を合わせたときのことを考えるとちょっとこわい。もう考えないことにした。


土曜日のお昼すぎ、律くんと鳥羽と学校の前で待ちあわせた。

「ついに『ものだま探偵団』にはいる気になった、ってわけだ」

律くんと顔を合わせるなり、鳥羽が言った。

うわ、まさかいきなり……。

「はあ？　なに言ってるの？　そんな気、ないよ」

律くんがあきれたようにため息をつく。

鳥羽は、えっ？　という顔になった。

「ま、まあ……ともかく、家の人と話さないことには捜査が進まないし……」

わたしはあわてて鳥羽に言った。

「まあ、いいや。いまは捜査を進める方が大事だし。とにかく、言っとくけどね、今回は特別だよ。別にこれで『ものだま探偵団』に入れるってわけじゃ、ないからね」

「だから、ぼくは別にはいりたくない、って……」

律くんがぶつぶつつぶやいている。

「と、とにかくまずは唐木先生の家に行こうよ」

わたしはふたりをなだめるように言った。


だれも口をきかないまま、ひたすら歩いた。目の前に小山が見えてくる。

「あれが浅間山(せんげんやま)。まわりにはけっこう古い家が並んでるんだよ」

鳥羽がわたしに説明する。

「ところで、唐木先生の家の場所、覚えてるんでしょうね？」

鳥羽が律くんに訊いた。

「小さいころに何度か行っただけだし、そんなにはっきりは覚えてないよ」

律くんがぷいっと横を向いた。

「やっぱりね……」

鳥羽が大げさにため息をつく。

「けど、目星はついてる」

律くんがぼそっと言う。

「え？」

「どっかの探偵さんみたいに、うろうろ歩きまわって探すなんてバカらしいこと、したくないしね。きのうの夜、インターネットで地図を調べた」

律くんはプリントアウトした地図を出した。

「へ、へえ……」

鳥羽は遠くからうかがうように地図をながめている。

「唐木先生んちに行くとき、神社の前を通ったんだ。そこには湧き水があって、むかしはその湧き水でプールを作って遊んだ、っておじいちゃんが話してたのを思いだしたんだよ」

「神社ってだけじゃわからないよ。このへん、たくさんあるでしょ？」

鳥羽がつっかかった。

「金井（かない）神社だよ。まちがいない。湧き水を『金の井戸』って呼んでたから『金井』なんだ、っておじいちゃん、言ってた。ぼくは前から地図とかむかしの話に興味があって、そういうのは忘れないんだ」

すごい記憶力だな。そんな細かいことまで覚えてるなんて。

「で、神社の前を通ったあと、ポストのある曲がり角があった。ふつうの交差点じゃなくて、五叉路（ごさろ）、つまり五つの道がまじわってて、変な形をしてたからよく覚えてる。そのうちの一本、浅間山（せんげんやま）の方に行く細い道をはいっていった場所。つまり、地図で言うと……」

律くんが地図をさす。たしかに「金井神社」という神社があり、その近くに五本の道がまじわっている場所があった。

「たぶん、このあたり。この並びのどれかだと思う」

律くんが言いきる。

「すごいね」

思わずつぶやいたが、鳥羽にじろっとにらまれ、はっと口をふさいだ。

「たいしたことじゃないよ。時間をムダにしたくないだけ」

律くんは表情を変えず、すたすたと歩きだした。

「あ、あれ……。たぶん、あの家だ」

小道を歩いているとき、律くんが二軒先の家をさした。

大きな門のある古そうな家だ。たしかに塀のうえに、土蔵が見えている。

「あった、あの土蔵だ」

律くんが言った。

「でも、唐木先生本人はもう亡くなってるんだよね。おうちの人、律くんのこと、覚えてるかな」

わたしは訊いた。

「大丈夫だよ。これを持ってきたから」

律くんがカバンから分厚い本を取りだした。図書館のシールが貼ってある。

「なに、それ？」

鳥羽が目を細めて本の表紙を見た。なんだかむずかしそうな本だ。

「唐木先生の本だよ。ここにおじいちゃんの名前も載ってる。父さんに訊いて、図書館で借りたんだ」

律くんが最後の方のページを見せ、名前を指さした。

「ほんとだ」

見ると、「藤沢保（ふじさわたもつ）」と書かれている。

「律ってほんと、変に用意周到だよね」

鳥羽が本を横目で見た。

「あたりまえだろ？　急に家を訪ねるんだから」

「でも、どうするの？　おじいさんが唐木先生の教え子だっていうことは言えるかもしれないけど、なんで訪ねてきたのか訊かれたら……？」

わたしは訊いた。

「さあね。そこまでは知らないよ。それを考えるのはきみたちの仕事だろ？　『探偵』なんだから」

律くんが鳥羽を見ながら嫌味っぽく言う。

もういやだ、このふたり。もっと仲良くしようよ。

「大丈夫だよ」

鳥羽は自信満々の顔だ。

「言われなくても、そこから先はなんとかするから」

そう言うと、インターフォンに指をのばした。

「おい、ほんとに大丈夫なのか？」

律くんがあわてて言った。

「大丈夫だって。律は家の人と話をつけるところまでやってくればいいから」

「ほんとかよ。どうなっても知らないからな」

鳥羽がインターフォンを押す。

「はい」

インターフォンから声が聞こえた。

「すみません、唐木先生の教え子だった、藤沢保の孫の、藤沢律といいます。以前、祖父といっしょに何度かおじゃましたことがあるんですが、祖父のことでうかがいたいことがありまして」

「え？　藤沢保さんのお孫さん？　いま行くから、ちょっと待っててね」

声が切れる。しばらくして玄関があき、なかから男の人が出てきた。作業着のような格好で、首にタオルをかけている。

「きみが……律くん？」

「はい」

「大きくなったなあ。順也（じゅんや）だよ。覚えてないかな？　きみがおじいさんといっしょに来たとき、よく遊んだんだけど。忘れちゃった？」

「あ、もしかして、庭で木登り教えてくれたりした？」

律くんが目を見開いた。

「そうそう。よく覚えてたね。まだ小学校にあがる前だったよね？」

「はい」

「いまは？　何年生？」

「五年生です」

「藤沢さんが亡くなってもう二年か。あのころは、父ももう具合が悪くて、お葬式に行ける状態じゃなかったんだ。それで、わたしがかわりに出たんだよ。結局、父もそのあとすぐに亡くなって……」

「そうだったんですか。知りませんでした」

律くんが答えた。「父」ということは、唐木先生の息子さんなんだ。

「そのころはもう具合が……？」

鳥羽がぼそっとつぶやくのが聞こえた。首をひねり、なにか考えている。なんだろう？

――あのころは、父ももう具合が悪くて、お葬式に行ける状態じゃ……。

あれ？　律くんのおじいさんが亡くなったころには、もう具合が悪かった？　ということはチェスセットを借りたりできないんじゃ……？

「ところで、そっちのお嬢さんたちは？」

「学校の友だちです。桜井(さくらい)鳥羽(とば)さんと、桐生七子(きりゅうななこ)さん」

「こんにちは」

鳥羽が頭をさげたので、わたしも合わせてぺこっとお辞儀をした。

門からはいると、順也さんが庭の真ん中にある大きな木をさした。

「むかし、あの木に登ったんだけど……覚えてるかな？」

「あっ、覚えてます。そうだ、あの木だ」

律くんが答えた。そのとき一瞬いつもと全然ちがう顔になった。公園に来たときの小さい子みたいな顔だ。木にかけよって、幹を見あげている。

「もう息子たちが大きくなったあとだったから、小さい子を見るとなつかしくてね。妻もいっしょにこの庭で鬼ごっこしたりしたんだよ」

順也さんは自動車会社で技術者として働いてきて、去年定年になったのだそうだ。子どもたちはそれぞれ独立し、唐木先生が亡くなったあとは奥さんとふたりで暮らしていた。だが、この夏、うえの息子さんのところに孫が生まれることになり、ここを二世帯住宅に改築し、同居することになった。

「こんな古い蔵があるなんて、めずらしいですよね」

　鳥羽が蔵を見あげる。白い壁に黒い瓦。重そうな黒い扉。

「明治時代に建てられたものでね。むかしはこのあたりにもこういう蔵が並んでたみたいだけど、戦争で焼け落ちたんだよ。でも、すごいもんだよねえ。壁の厚さが三十センチもあるんだよ」

「三十センチ！」

　鳥羽とふたり、声をあげた。見ると扉や窓もずっしり重そうだ。

「長いこと使っていて、いろんなものがぎっしりつまっていたからね。整理するのが面倒で手つかずになってたんだけど。でも、今回建築業者に見てもらったら、老朽化してて、このままだと危ないって。それで、家を改築するのを機に、蔵はとりこわすことにしたんだ」

　律くんはきょろきょろしながら蔵の裏側にはいっていった。

「なかのものを博物館に寄贈したり、骨董屋やアンティークショップに引きとってもらったり、どうしてもうちで保存しておきたいものは箱づめしたり。そんなこんなで、ここのところずっと蔵の荷物と格闘してて……。いよいよ明日から解体工事でね。だから、こんな格好なんだ」

　順也さんは首のタオルをさして笑った。

「いやあ、しかし、律くんが来てくれるとは。さあさ、どうぞ、あがって。家のなかもそんなわけで大混乱状態だけどね」

　順也さんに言われて、家にあがらせてもらった。


　段ボール箱がたくさん積まれた玄関ホールを抜け、リビングに通された。

「そこにすわって待ってて。いま飲み物を持ってくるから」

　順也さんが言って、部屋を出ていった。

「とりあえず、はいれたね」

　わたしは小声で鳥羽に言った。

「ぼくの役目はこれで終わりってことだ。あとはがんばってなんとかしろよ」

　律くんが言った。

「言われなくたってなんとかするよ」

　鳥羽は小声で言って、ぷいっと横を向く。鳥羽と律くんが三人がけのソファの端と端にすわったので、わたしはしかたなく真ん中にすわった。

鳥羽、どうやって話を進めるつもりなんだろう？　でも順也さんがいつもどってくるかわからないし、いまさら訊けない。ちらっと見ると自信満々の顔ですわってるし、鳥羽のことだ、きっとなにか考えがあるんだろう。

それにしても、鳥羽と律くん、仲悪すぎだよ。

はあっとため息をついたとき、順也さんが帰ってきた。奥さんもいっしょだ。

「律くん、ひさしぶりね。飲み物、お茶でいいかしら？」

お茶の入ったグラスをテーブルに置いた。

「はい。ありがとうございます」

律くんはすっと背筋をのばし、行儀よく言った。こういうところは大人っぽくてすてきなんだけどな。

「あ、ジョン、ダメよ、それを持っていっちゃ……」

そのとき奥さんが扉の向こうを見て言った。犬が尻尾を振りながら走っていく。

「ちょっと待ちなさい。ごめんなさいね」

奥さんはわたしたちにそう言うと、犬を追って外に出た。

「ジョンって、あの子犬だった……？」

律くんが訊いた。

「そうそう。覚えてたんだ。律くんが前に来たときは、まだ子犬だったんだっけ」

「なんていう種類なんですか？」

「スコティッシュテリアだよ。スコットランド原産のテリアで、むかしはアナグマ狩猟犬だったらしい。なかなか頑固なやつでね」

　順也さんが笑った。

「片づけのせいか、ジョンも落ち着かないみたいで……。で、今日はどうしたの？」

　順也さんが律くんに訊いた。

「実は……」

　鳥羽が横から言った。

「学校のグループ学習で『おじいさん、おばあさんの若いころの時代を調べよう』っていう宿題が出たんです。藤沢くんと、桐生さんと、わたしが同じグループで、桐生さんとわたしのところはもう話を聞いたんですけど、藤沢くんのところはおじいさん、おばあさんが亡くなってしまってるから、どうしようかな、って」

　宿題……？　グループ……？　もちろん、そんな話はない。

　律くんを見ると、ふんっ、という顔で鳥羽をながめている。

「ふうん、そんな宿題が出るんだ。おもしろそうだね」

順也さんがにこっと笑った。信じてしまったみたいだ。

さすが探偵……。毎度のことだけど、いろんな言いわけを考えるなあ。

「でも、うちも父は亡くなってるからね。父なら藤沢さんの学生時代のこと、覚えてたかもしれないけど」

順也さんがすまなそうに言う。

「そのころなにが流行ってたか、とか、生活や暮らしのこととか……。覚えてないでしょうか」

「ああ、なるほど、そういうことなら少しわかるよ。藤沢さんが大学生だったころわたしは中学生で……。父を訪ねてくる学生さんたちによく遊んでもらってたからね」

順也さんが宙を見あげる。

「そういうときって、学生さんたちはなにをしてたんですか？」

「まあ、たいてい食事をして、お酒を飲んだりして。みんなむずかしい文学の話をしてたなあ。英文学の。わたしは中学生だったからほとんどわからなかったけど」

「文学の話……」

鳥羽がノートにメモをとりはじめた。

「あとは、そのころ流行ってた映画の話とか。酔っぱらってくると、大学の先生や学生のうわさ話とか、単位のこととかも話してたかな」

順也さんが笑った。

「父は文学のことばかり考えてる浮世離れした人だったからね。藤沢さんもちょっと似たところがあって、父とはとくに気が合ってたみたいだ。アイルランドのイェーツっていう作家の話をよくしてたなあ。『ケルトの妖精物語』っていうのが藤沢さんの卒論のテーマで、ふたりでよく妖精の話でもりあがってた」

「妖精、ですか?」

わたしは首をかしげた。大人の男の人が妖精? なんだかふしぎな気がした。

「そうだよ。おかしいだろ? いい大人、しかも男ふたりが妖精の話なんてさ」

順也さんがくすくす笑った。

「お話以外はなにを?」

鳥羽が訊いた。

「ほか? うーん、どうだったたっけなあ」

順也さんが首をひねる。

「たとえば、ゲームとか」

鳥羽が順也さんの目をじっと見つめた。

「あ、ああ、ゲーム！　そうそう、よくチェスをしてた」

「チェス？」

鳥羽の目がきらっとした。

「うん。父が好きだったから。全員じゃないけど、できる人はね。藤沢さんはけっこう強かった気がする」

「そうなんですか？」

律くんが身を乗りだした。

「藤沢さんは家も近かったしね。卒業してからも、ときどきうちにチェスをしにきてたっけ」

順也さんがふうっと息をついた。

「あの、それはつまり、この家にチェスセットがあった、ってことですよね？」

鳥羽がきいた。

「ああ、もちろんあったよ。古いイギリス製のチェスセットがね。手彫りで、ちょっと変わった細工があって……。父のお気に入りだったんだ」

古いイギリス製のセット！

……ってことは……？

「そのセットって、いつからあったんですか？」

「ずいぶん古いよ。ぼくが生まれる前……。たしか、父が若いころイギリスに留学してたとき、向こうで買ったものだって言ってたから」

　ということは、律くんのおじいさんが大学生になるよりずっと前ってことだ。

「父が亡くなったあとは蔵に入れてたんだけど、今回の整理でアンティークショップに出してしまったんだよ」

　橘（たちばな）英語教室のチェスセットがここの蔵にあったものだということはまちがいなさそうだ。でもそのチェスセットは、唐木先生が若いころから、この前アンティークショップに出されるまで、ずっとこの家にあったらしい。つまり、律くんの家のセットとは別のもの、ということになる。

　律くんのおじいさんが亡くなったころには、唐木先生も具合が悪かったみたいだし、チェスセットの貸し借りはなかったということだ。

「いまは、うちにチェスをする人がいないから」

「順也さんは、しないんですか？」

　鳥羽が訊いた。

「うん。父に教わったんだけど、あまりうまくならなかった」

順也さんが苦笑いして頭をかいた。

「けど、ちょっと後悔してるんだよ。残しとけばよかったかなあ、って。父の思い出の品だしね。そういえば、わたしも小さいころそのチェスの駒が好きで、よく持ちだして遊んでたっけ」

「あ、わかります」

鳥羽が言った。

「チェスの駒って、形がいろいろあっておもしろいですよね。わたしも小さいころ駒で遊んで……。遊んでいるうちにどっかに行っちゃったりして、父に叱られました」

「わたしもよく叱られたよ。父はチェスセットに関してはすごく厳しくてね。駒が欠けるとゲームができなくなるから、必ずもとにもどせ、って。なくなったりすると、見つかるまで捜さなくちゃならなくて」

「うちもです。駒がそろうまではおやつもなし。それでいっしょに捜して」

「そうそう。うちはね、そういうとき、よく歌を歌ったんだ」

歌?

「どんな歌ですか?」

鳥羽がすかさず訊く。

「マザーグースに『リトル・ボー・ピープ』って歌があるんだよ」

リトル・ボー・ピープ！

「あ、知ってます、羊飼いが羊を捜す歌ですよね？」

「そうそう。『羊がいなくなった』を『駒がいなくなった』に置きかえて、替え歌にしてね。最初のところだけをくりかえして歌って……。父がいつもそれを歌うから、わたしもいつのまにか覚えてしまって」

そうだったのか。チェスの駒たちは、唐木先生の歌を覚えていたんだ。

「片づけるものがすごくたくさんあったから、ついあのセットも出してしまったんだけど、やっぱり残せばよかったかなあ。でも、チェスをする人のところに行った方がいいんじゃないかと思ったんだよ。駒も全部そろってたし、まだ使えるから」

「全部そろってた？」

思わず声をあげた。

「あ、いや、そろってると思ってたんだ。蔵に入れたときは全部あったから。だけど、アンティークショップの人が確認したら、ひとつ足りないって。それでも引きとってくれたんだけどね。でもふしぎだよなあ。蔵にはいってるうちにひとつなくなるなんて……」

蔵のなかで駒が消えた？　どういうことなんだろう。

「あ、お話、ありがとうございました。とても参考になりました」

鳥羽がぺこっと頭を下げた。

「こんなんで役に立ったのかな？」

順也さんがふしぎそうな顔をした。

「もちろんです。ありがとうございました。いそがしいときにすみません。おじゃましました」

律くんが言った。

10　けんか

「結局、うちのルークは無関係、ってことだよね」

唐木(からき)先生の家を出てしばらく歩くと、律(りつ)くんがぼそっと言った。

「うん。そうみたいだね……。ごめん」

わたしはあやまった。

「塾の勉強もあるし、やっぱりこんな探偵ごっこにつきあうんじゃなかった」

律くんが冷たく言った。

「なにそれ」

鳥羽(とば)がむっとした顔で言い返す。

「だってそうだろ？　結局関係なかったんだ。時間の無駄だった」

「わたしが頼んだわけじゃないでしょ？　いっしょに行くって言ったのは、あんたの方じゃない」

「でも、そもそもルークと関係があるって言いだしたのはそっちだろ？　きみたちだけじゃはいれないだろうから、協力してやろうと思ったんじゃないか。それに、ぼくはいいよ。単に時間の無駄ってだけだから。でもルークはどうなるんだよ。変な期待させて……」

「やめてください」

そのとき、声がした。ルークだった。

「わたしも行ってみたかったんです」

ルークはしずかに言った。

「ルーク？」

律くんが、なにを言ってるんだ、という顔になった。

「それに。唐木先生の家に行ったとき、なんだかなつかしい気持ちになったんです。来たことがあるような気がしました」

「え？」

律くんがルークをじっと見た。

「おかしいですよね。そんなはずはないのに。わたしはあの家のチェスセットの仲間じゃない。なぜそんな気持ちになったのか、自分でもよくわからないのですが」

ルークが口ごもる。

「来たことがあるような『気がした』？」

鳥羽が首をひねる。鳥羽は、ルークが記憶を失っていることを知らないのだ。

「そんなの思いだしたって、しかたがないじゃないか」

ルークはなにか言いたそうに口をあけたが、言葉にならない。

「記憶なんてもどらなくてもいいじゃないか。仲間にはもう絶対に会えないんだ。記憶がもどったって、つらいだけに決まってる」

律くんが目をふせた。

「それはわかっています。でも……」

ルークがつぶやく。

「もういい。じゃあ、あいつらのとこに行けよ」

律くんはそう言って、ルークをこっちに投げてよこした。

「え？」

あわてて飛んできたルークを受けとめる。律くんは走っていってしまった。

「まったく、どうしてあの子はあんな態度なのかしら」

フクサはぷりぷりしている。

「ルーク、さっき、変なこと言ってたよね」

鳥羽はフクサの言葉には答えず、ルークに向かって言った。

「来たことがあるような『気がした』って……。それに律も『記憶がもどる』とかなんとか。それ、どういうこと？」

ルークは答えず、律くんの去っていった方をぼんやり見ている。

「あのね、鳥羽……」

わたしは思いきって口を開いた。

「この前、律くんから聞いたの。ルークは、火事のあと記憶をなくしてしまったんだって」

「記憶を？」

「なくした？」

鳥羽とフクサが叫んだ。

「火事でほかの駒が燃えてしまったショックで、火事より前の記憶がなくなってしまったんだって。とくに仲間のことは。なにも思いだせなくなっちゃったらしいの」

「そうだったんだ……」

鳥羽は呆然としている。

手のひらのうえのルークを見おろす。

律くん、なんで怒っちゃったの？　いったいどうしたら……？

「しかし、記憶をなくした、ね。なるほど、そういうことだったのか」

鳥羽が探偵顔になる。

「前からおかしいとは思ってたんだけどね。それならそうと早く言ってくれれば」

「なにかわかったの？」

「まず、今回の順也(じゅんや)さんの話を整理してみようか」

鳥羽が言った。

「橘英語教室のチェスセットが唐木先生の家の蔵にあったものであることは、まずまちがいない。唐木先生はそれを留学中にイギリスで買った。つまり、チェスセットは、イギリスのお店、唐木先生の家、ポートベロー・マーケット、橘先生の家、と移動した。今回アンティークショップに売りに出されるまでは、チェスセットはずっと唐木先生の家にあった」

「そう、だね」

わたしは答えた。

「一方、律の家にあったチェスセットは、律の家が火事になるまで、ずっと律の家にあった。ルークは律に持ちだされていたために火事を逃れ、そのあとはずっと律が持っている。つまり、律のルークが唐木先生の家のチェスセットの一部だったということはない」

「つまり、関係なかった、ってことだよね」

わたしはうなだれた。

「まあ、そうも言える。けど、そうじゃないとも言える」

鳥羽が思わせぶりに言う。

「え？　どういうこと？」

「チェスセットはね、ひとつじゃない、ふたつあったんだよ」

そう言って、鳥羽はふくみ笑いした。

「ふたつ……？」

「同じチェスセットがふたつ。それがこの事件のひとつ目の謎の答えなんだ」

チェスセットがふたつ？

「あのチェスセットは、イギリス製で、しかも、けっこう古いから、そう簡単には手にはいらない」

「そうだね」

「たぶん、イギリスでないと見つからない。それもチェスセットにくわしい人じゃないと……。つまり、あのセットを手に入れられるのは、イギリスに何度も行っていて、チェスセットにくわしい人だけ」

「……もしかして、それって」

「そう。唐木先生だよ。つまり、こういうことなんじゃないかな。律のおじいさんの持っていたチェスセットは、唐木先生から渡されたものだった」

そうか。チェスセットがふたつ。なんで思いつかなかったんだろう。

「なにかのお祝いだったんじゃないかな。卒業祝いとか、就職祝いとか。たぶん、律のおじいさんも唐木先生のチェスセットを気に入っていた。それで、唐木先生は同じものを捜したか、イギリスに行ったとき偶然見つけたかして買ってきた。律のおじいさんにプレゼントするために」

きりっと探偵顔になる。

「それに、ルーク、さっき言ってたでしょ？　唐木先生の家に見覚えがある、って。ルークたちは、きっと唐木先生の家にいたことがあるんだよ。唐木先生がチェスセットを手に入れて、律のおじいさんに渡すまでの短いあいだだけどね」

鳥羽がルークを見る。

「あの家に……いた？」

ルークがぼそっとつぶやいた。

「なんか覚えてる？」

「いえ、はっきりとは……。でも、たしかに……」

ルークが目を閉じる。なにか考えているみたいだ。

鳥羽もわたしも黙って見守った。

「ああ、なにも思いだせない。すみません」

しばらくして、目をあけた。

「でも、ひとつはっきりしました」

「なに？」

鳥羽が訊く。

「わたしは、記憶をとりもどしたいです。たとえ、それでさびしい思いをしたとしても、とりもどしたい」

きっぱりした声でルークが言った。

「記憶はわたしの一部です。大切な……。もう帰れない場所であっても、わたしのなかに残しておきたい」

「記憶をとりもどす覚悟ができたんじゃな。となると、あとは、きっかけじゃの」

とつぜんタマじいの声がした。これまで黙っていたが、眠っていたわけじゃないらしい。

「そして、もうひとつ。この事件にはふたつ目の謎がある」

きっかけか。でも、どうすれば。

鳥羽が言った。

「ふたつ目の謎？」

わたしは首をひねった。

「いや、むしろ、こっちの方が『りとぼぴー事件』の本質なんだけど」

鳥羽が苦笑いする。「りとぼぴー事件」の本質……？

「『橘英語教室のチェスセットのルークはどこに行ったのか』じゃろ？」

タマじいが言った。

「あ、そうだった」

わたしがそう言うと、鳥羽がにんまり笑った。

「律のルークはあのチェスセットの駒じゃない。でも、あっちのルークもなくなってる。ルークを捜しだしてセットに返さないと、『りとぼぴー』事件はおさまらない」

　あのセットと律くんのルークの関係にばかりとらわれて、かんじんなことをすっかり忘れていた。

「順也さんの話によれば、蔵にしまったときは駒は全部そろっていた、だけどアンティークショップの人が確認したときは、ルークが足りなかった……」

「蔵のなかにいるあいだに、ルークがどこかへ行っちゃった？」

「そんなことはありえないよ。可能性はふたつ。ひとつは、蔵にしまう前からなくなっていた。だけど、これはたぶんちがう。順也さんはチェスはしないけど、唐木先生から駒のことは厳しく言われていた。だから、習慣で、しまうときは駒の数を確認したはず」

「もうひとつは？」

「蔵から出したあと、アンティークショップの人が来るまでのあいだだね。でも、それがいつかは……」

　鳥羽が首をひねる。わたしも途方に暮れて空を見あげた。ぽっかりした雲がいくつも連なって、遠い空を流れている。

「ま、ちょっと疲れたし、うちの店に行こう。これからの作戦会議もあるしね。お菓子、ごちそうするよ」

　鳥羽が言った。

「ほんと？」

　鳥羽のお母さんの祐布さんは、〈笹の便り〉という日本茶と和菓子のカフェを営んでいる。そこのお菓子はほんとうにおいしいのだ。

「うん。いまはちょうど、店の名前にもなっている『笹の便り』ってお菓子の季節だからね。お母さん、今度ぜひ七子ちゃんも、って言ってたから、今日帰りに連れてく、って約束したんだ」

「やった」

　いつもならとびあがるところだが、ルークの気持ちを考えると、あまりはしゃげなかった。


　門をくぐり、笹の茂った細い道を通って、〈笹の便り〉のドアをあけた。土曜日の夕方だけあって、なかにはたくさんお客さんがいた。

「あ、七子ちゃん」

　佑布さんが顔をあげる。

「そこにすわってて」

あいている隅の席をさす。

「いいんですか？」

けっこう混んでいるのにいいのかな、と思って訊いた。

「大丈夫よ」

佑布さんがうなずく。鳥羽もうなずいているので、席にすわった。

「ケースのなかに、お菓子、もうなかったでしょ？　うちはお母さんがひとりで作ってるから、そんなにたくさん作れないんだ。だから、なくなったらその日はおしまい。このあとはお客さん、来ないんだよ」

鳥羽がこそっと言った。

「そうなんだ」

そういえば、前にもそんな話を聞いた。引っ越しの直後、お母さんが桜もちをいただいたときの話だ。人気のお菓子は午前中に売りきれてしまう、って言ってたっけ。

「鳥羽、ちょっと」

佑布さんに呼ばれ、鳥羽がカウンターの方に行く。なにか手渡され、鳥羽は外に出ていった。

「閉店の札、かけてきた」

　帰ってきた鳥羽が言った。

「でも、大丈夫だよ。七子の分のお菓子は取ってあるから」

「いいのかな？」

「いいよ。今日は最初からそう頼んであったし」

　鳥羽が笑った。

「はい、どうぞ」

　佑布さんが来て、テーブルのうえにきれいな笹にくるまれたお菓子を置いた。細い笹の紐で結んである。

「うわあ……」

　思わずため息をつく。

「これが『笹の便り』なんですか？」

「そう。なに飲む？　いちばん合うのは冷抹茶だけど」

　佑布さんが言った。

「じゃあ、それにします」

　冷たい抹茶を飲むのははじめてだったけど、試してみることにした。

「鳥羽も同じでいい？」

「うん」

鳥羽がうなずくと、佑布さんはカウンターにはいっていった。

笹の紐をほどき、そうっと葉をはがす。なかからお菓子が出てきた。長方形で、白くて、ぷるぷるして、少し透けている。

「おいしそう」

すぐに食べたかったが、お茶が来るまでがまんした。

佑布さんは和菓子屋の家に生まれた。鳥羽のおじいさんはお茶の先生で、いつも佑布さんの家のお菓子をお点前に使っていた。佑布さんがお菓子を作るようになってから、鳥羽のおじいさんにはじめてほめてもらったお菓子が、この『笹の便り』だったのだそうだ。

このお店は、もともとおじいさんが茶室として使っていた離れだった。佑布さんが息子さんと結婚し、おじいさんがお茶の先生を引退したあと、佑布さんがカフェに改築したらしい。

「むかしから、京都では六月には『水無月』ってお菓子を食べるんだって。三角形のういろうのうえに小豆がのったお菓子。これはその変形版なんだってさ。形が長方形で、手紙みたいでしょ？　だから『笹の便り』」

鳥羽が言ったとき、佑布さんがやってきた。

「お待たせ。さあ、どうぞ」

ガラスの器をテーブルに置く。

「いただきます」

お菓子を切り、口に運ぶ。佑布さんのお茶とお菓子をいただくときは、いつもちょっと背筋がのびる。

口に入れると、ひんやりぷるぷるして、ほんのり甘かった。少し笹の香りがする。

「おいしい」

思わず目を閉じた。


ゆっくり時間をかけて、お茶とお菓子をいただいた。冷抹茶も、ちょっと苦いけど、涼しさが身体に染みこんでくるみたいで、おいしかった。

鳥羽は、ルークをそっとテーブルに置いた。ルークは黙って、店のなかを見まわしている。

最後のお客さんがお店を出ると、佑布さんがやってきて、鳥羽のとなりにすわった。

「あら、この子、律くんのルークでしょ?」

「うん……」

鳥羽がうなずく。

律くんと鳥羽は小さいころは仲がよかったって言ってたから、佑布さんもルークを知っているのだろう。

「なにかあったの?」

佑布さんが心配そうに訊いた。

鳥羽は、これまでのことを佑布さんに話した。

「で、律は怒って帰っちゃったんだ。そのときルークを……」

そこまで言って、黙った。

「そうか。困ったわね」

佑布さんが、テーブルのうえのルークを手に取った。

「律くん、やっぱりちょっと大変すぎるのかもしれないなあ」

ぼんやりと言う。

「大変って、どういうことですか?」

わたしは訊いた。

「律くんち、お父さんもお母さんも弁護士でしょ？　母方のおじいさまも弁護士で。だから自分も弁護士になるって、すごくがんばってるみたいなの」

　前に律くんから聞いた話を思いだす。

「週に五日塾に通ってるって言ってました。それに、英語の個人授業もあるって」

　わたしは言った。

「お父さん、お母さんが忙しいから、小さいころは、いっしょに住んでる父方のおじいさまとすごすことが多かったみたいなの。おばあさまが早くに亡くなって、それから同居されてたのよね。保育園のお迎えにも、よくおじいさまがいらしてて。おっとりした方だったから、律くんもわりとのんびり育ってたんだけど……」

　唐木先生の家の庭を見たときの律くんの顔を思いだした。わくわくした子どものような顔。むかしの律くんは、あんな感じだったのかもしれない。

「火事があって、おじいさまが亡くなって。そのあとよね。勉強、勉強って言いだしたのは。もちろん自分で決めたことなんだろうけど」

　佑布さんが息をついた。

　律くん、おじいちゃんっ子だったんだ。なのに。

「でも、だからって、ルークを置いていっていいわけじゃ、ないでしょ」

鳥羽がつぶやく。ルークの表情がかわる。

「鳥羽」

佑布さんがたしなめるように言う。鳥羽は口をつぐみ、ぷいっと横を向いた。

「あのさ、鳥羽」

わたしが話しかけても、鳥羽は黙ったまま、ふりむかない。

「もしかしたら、律くんも荒ぶっているのかもしれないよ」

そう言うと、鳥羽の肩がぴくんと動いた。

「荒ぶっている？　どういうことですの？」

フクサが訊いてきた。

「タマじいもよく言ってるでしょ？　ものだまも人間と同じ、って。つまり、人間もものだまと同じなんだよ。悲しいことがあって、心が変になってしまうことはあると思う」

わたしは言った。

「その通りじゃな」

タマじいの声がした。

「わしらものだまのように怪異現象は起こさなくても、心が乱れて、本来の自分を失ってしまうのは人間も同じ。そういうことじゃろう？」

タマじいが言うと、佑布さんのお店のお茶碗や食器のものだまたちが、いっせいに、ふむふむ、とうなずいた。

「あの子が、荒ぶってる？」

フクサがつぶやく。

「そうかもしれません」

ルークが言った。

「勉強に打ちこみたい気持ちはわかります。でも、ときどき、ぴりぴりしすぎて、いっしょにいて、痛いような気がするときがありました」

「痛い……？」

鳥羽がルークを見る。

「ふりかえらないように必死だったんじゃないかしら」

佑布さんが言った。

「小さいころのことを全部忘れようとしていたわけではないんじゃろう。それならルークを持ち歩くこともあるまい。ルークは、あやつのたったひとつの子ども時代のなごり。心のふるさとだったんじゃないかな」

「きっとルークのことを大事に思ってたのよ。だから離れたくない気持ちもあったし、でも、もし仲間がいるなら会わせてやりたい、って。だから、唐木先生の家にもいっしょに行ったんじゃ……」

「それくらい、わたしだってわかってるよ」

　鳥羽が大きくため息をつく。

「でも、だったらどうすればいいわけ？」

　途方に暮れた顔だ。

「ルークを返しにいこうよ」

　わたしは言った。

「そりゃ、わたしだってできればそうしたいよ。でも、返しにいっても、どうせ意地張ってこじれるだけ」

「これまでもずっとそうでしたものね」

　フクサも困ったようにため息をついた。

「律の気持ちもわかるよ。いや、ほんとはわかってないけど、そうなんだろう、って予想はつく。だけど、だからってうまくいくわけじゃない」

「たしかにねえ。それでどんどんこじれて、いまみたいになっちゃったわけだし」

佑布さんも腕組みした。

「でも、鳥羽は名探偵じゃない？　これまでだって、いろんなものだまを説得して、しずめてあげてたでしょ？　律くんにだって」

わたしは鳥羽を見た。

「うーん、でも、こればっかりは」

「おまえさんから言われると腹が立つ、というのもあるじゃろうからの」

「そうなんだよねえ」

鳥羽がまた大きくため息をついた。

11　ひみつの隠し場所

　結局、律くんのことも、もうひとつのセットのルークをどうやって捜すかについても、なにも思いつかないまま、帰る時間になってしまった。とりあえず、ルークはこの前と同じようにわたしが家で預かることになった。

「途中まで送ってくよ」

　鳥羽がそう言って、いっしょにお店を出た。

　門のところで、前を歩いていた鳥羽の足が止まった。

「律」

　鳥羽の声がした。道の向こうに律くんがいる。

　きっとルークを返してもらいにきたのだろう。わたしは律くんにルークを渡すために、前に出ようとした。

「どうしたの？　なんか用？」

鳥羽が律くんに言った。わたしははっと足を止めた。

「鳥羽」

小声で言って、鳥羽の服を引っぱる。またけんかになったらいやだ。

「別に」

律くんは目をそらした。

どうしよう？　これじゃまたけんかになっちゃうよ。

「あ、あのね、律くん、ルークを、受け取りにきたんだよね？」

わたしは律くんに訊いた。答えはない。

「やめなよ、七子(ななこ)」

「え？　どうして？」

「ルークを投げてよこしたのは律だよ。ルークを連れて帰りたいなら、律にちゃんと
そう言ってもらわないとダメだよ。それに、ルークにもあやまってもらわないと」

「いや、そうじゃない」

律くんがきっぱりした声で言った。

「あのセット。橘(たちばな)英語教室にあるチェスセットは、ルークの仲間じゃない。でも、
型は同じだ。ルークは火事で仲間を失った。そして、なぜかわからないけど、橘英語

教室のルークはなくなってしまった。もともとのセットじゃないけど、同じ型なんだ。だから」

律くんの言おうとしていることがなんとなくわかって、わたしはポケットのなかのルークをぎゅっと握りしめた。

「ちょうどいいじゃないか。なくなったルークのかわりに、うちのルークがそのセットにはいれば、駒は全部そろう。ルークにとっても、もともとの家族じゃないけど、あたらしい仲間といっしょにすごせる。またチェスのゲームもしてもらえる」

律くんはいったんそこで言葉を止め、鳥羽を見た。鳥羽はじっと黙っている。

「だからさ、その方がしあわせなんじゃないか。きみたちだって、どうせ橘英語教室のチェスセットが荒ぶっているのをしずめたいんだろう？　駒の数さえそろえば、セットの気持ちもそのうちおさまるかもしれない。だから」

律くんがぐっと歯を食いしばった。

「はあ？」

鳥羽が言った。

「なに言ってるの？」

ぐいっと律くんに近寄る。

「家族がひとりいなくなりました。ほかのところから別の人がひとり来ました。人数そろったからって、それで満足する？　ものだまだっていっしょだよ」

声がふるえている。

鳥羽、怒ってる？

「それは……」

律くんは目をふせた。

「やめなよ」

わたしはうしろから鳥羽の肩を引いた。

「ものだまにも心があるんだよ。そう考えたこと、ある？」

鳥羽はわたしの手をそっとのけ、さらに一歩、律くんの方に歩みよった。

「律くんだって、きっとわかってるんだよ。だけど、自分でどうにもできないのがつらくて、そんなこと言ってるだけなんだよ」

こわくなって、わたしは言った。鳥羽の足が止まる。

「わかったようなこと言うなよ！」

律くんが叫んだ。わたしはびくっとして律くんを見た。

「ご、ごめん……なさい……」

小さな声であやまり、うつむいた。なぜか涙がこみあげてきた。

「あのね、律」

鳥羽の声がした。

「七子が言ってたよ。もしかしたら、律も荒ぶってるんじゃないか、って」

律くんがぎょっとした顔になった。

「な、なんだよ、それ」

「人もものだまと同じ。ものだまも人と同じ。人だって荒ぶることがあるのかも、って。最初に聞いたときはさ、わたしだって、なにそれ、って思ったよ。だけど、いまわかった。律、あんたは荒ぶってる」

鳥羽が律くんをにらんだ。

「家やおじいさんがなくなって悲しいのはわかる。いや、わかんないけど、そうなんだろう、っていうのはわかる。将来のために勉強が大事なのもわかる。けど、だからって、律を心配してる七子にひどいこと言うのはちがうでしょ？」

律くんはなにも答えない。

「それって、八つ当たりでしょ？　それに、ルークを橘先生のとこのセットに入れる？　その方がルークにとってもしあわせ？　おかしいでしょ、それ。なんで律が決めるの？　ねえ、ルーク」

鳥羽が言う。わたしは、ルークをポケットから出した。

「ルーク……」

律くんがルークを見た。

「ルークはどう思う？　いまの律の話」

鳥羽が訊く。

「そうですね、まちがっていると思います」

ルークが答えた。律くんの目が大きく開いた。

「橘英語教室のセットのことはわかりません。でも、わたしに関しては……。ほかのセットのところに行って、しあわせになるとは思いません」

ルークはそこでいったん言葉を切った。

「なぜだよ？」

律くんの声は少しふるえていた。

「たぶん、いまのわたしの家族は律だから……だと思います」

ルークが答えた。律くんは大きく息を吸い、目を閉じた。

「鳥羽さんや七子さんにも、わたしの記憶のことは話しました。わたしは逃げていたんだと思います。むかしのことを思いだすと、よけいさびしくなるんじゃないか、って。でも、わかりました。さびしかったとしても、それはわたしにとって大事なものなんです。だから、思いだしたい」

「ルーク……」

律くんが目をあけ、ルークを見た。

「律だって、火事の前は、よくものだまの話、したじゃない？　あの火事で、たくさんのものが燃えちゃった。きっと、ものだまもいなくなった。そうでしょ？」

鳥羽がぼそっと言った。

わたしははっとした。そうか。ルークは、いまの律の家にはものだまがいない、と言っていた。でも、きっと、おじいさんがいたころの家には、たくさんものだまがいたんだ。それが全部……。胸がぎゅっとなる。

「だから、ものだまとかかわりたくないんだよね。だけどさ、いなくなったものだまは、最初からいなかったんじゃない。むかしは、いたんだよ」

鳥羽はつぶやき、空を見あげた。

「忘れないとだめなときもあると思います。そうしなければ悲しくて動けなくなってしまうから。だけど、なにもかも消えてしまったわけじゃない。いつまでもどこかにあって、隠れてるだけなんです。きっとそれが、心なんです。思い出が心を作ってるんです。だから律も……。ものだまといたころのこと、なかったことにしない方がいいと思うんです」

ルークが言った。みんな黙っている。

「わかった」

しばらくして、律くんが大きく息をついた。

「どうしたら記憶がもどるのかはわからないけど……。やってみよう」

しずかな声で言った。

よかった。また涙が出そうになる。

「ルーク、悪かった。ごめん。桐生（きりゅう）さんも。ルークを……、返してくれるかな？」

律くんがこっちを見た。

わたしはうなずいて、ルークをさしだした。

「ありがとう」

ルークを受けとり、そっと握る。

「じゃあ、とりあえず、捜そう」

律くんが言った。

「捜すって？」

わたしはぽかんとして訊いた。

「なに言ってるの、決まってるでしょ？　橘英語教室のチェスセットのルークだよ」

鳥羽が笑う。

「事件をおさめるためには、そのセットのルークが必要なんだろ？」

律くんも笑った。

「あのとき聞いた話じゃ、蔵にしまうまでは駒は全部そろってた。でも、アンティークショップの人が来たときには、ルークはなかった、ってことだったよな。じゃあ、なくなったのは、いつなんだ？」

律くんが首をひねる。

「それがわからないんだよ。いまのところ、お手上げ状態」

「とにかく唐木先生の家にもう一度行ってみないか？　いつなくなったんだとしても、あの家から出ていないってことだろ？　さっき言ってたじゃないか、明日には蔵の解体工事がはじまるって」

「そうか、工事がはじまっちゃったら……」

鳥羽が息をのむ。

もし蔵のなかに駒が落ちていたとしたら。小さなチェスの駒なんて、ほかの木材に混ざって、捨てられてしまう。

「いますぐ行かなきゃ。どう捜したらいいか見当もつかないけど……。お母さんに言ってくる」

鳥羽がばたばたとお店にもどる。佑布さんに、もう一度唐木先生の家に行く、帰りは少し遅くなる、と言っているのが聞こえた。

わたしもあわててお母さんに電話した。

歩きだそうと足をふみだしたとたん、鳥羽が急に止まり、律くんを見た。

「あ、でもね」

なにか思いついたように言う。

「なんだよ?」

「これは、今回だけだからね。正式に『ものだま探偵団』に入れるってわけじゃないからね」

鳥羽が、釘をさすように言った。

一瞬、律くんもわたしもぽかんとした。

そこか！　思わず笑いそうになる。

鳥羽ってほんとに……そういうとこはせこい。

「だから、別にはいりたくない、って」

律くんは横を向き、ぼそっとつぶやいた。

どっちもどっちだな。小さくため息をついた。


「ところでさ、今回、そのチェスセットが起こしたのって、どんな現象なんだ？」

浅間山（せんげんやま）に近づいてきたところで、律くんが訊いてきた。

「律にはまだ話してなかったんだっけ。チェスセットに近づいた人たちが、同じ歌を口ずさむようになる、っていう……。名づけて『りとぽぴー事件』」

「『りとぽぴー』？　なんだ、それ」

「ほんとは『リトル・ボー・ピープ』っていうマザーグースの歌なんだけど、歌詞を知らないで聞くとそう聞こえるの」

「はあ、リトル・ボー・ピープ……。なるほどねえ。で、どんな歌なの？」

「こんな歌だよ。りとぽぴー、はずろーすはーぴーす」

わたしは歌った。

「あっ、その歌……」

律くんが声をあげた。

「知ってるの？」

鳥羽が訊く。

「知ってる、っていうか、ぼくも歌っちゃったんだよ、その歌」

「いつ？　どこで？」

「唐木先生の家」

「ええっ？」

鳥羽もわたしも思わず声をあげた。

「嘘？　いつ？　律、歌ってた？　気づかなかったよ」

鳥羽が言った。唐木先生の家で、わたしたちはずっといっしょにいた。律くんが歌ってたらわかるはず。

「いや、正確に言うと、家のなかじゃなくて、庭……。そう、蔵の裏だった。そのときは、なんでこんな歌、歌ってるんだろ、って思ったけど、そのあとの話で頭がいっぱいだったから、すっかり忘れてて」

「そういえば、家にあがる前、律、ひとりで庭をまわってたね。あのとき？」

鳥羽の言葉に律くんがうなずく。たしかに、蔵の裏にいたときなら、歌ってても聞こえない。

「でも、なんで蔵の裏になんか行ったの？」

「そういえば、むかし、ジョンを追いかけてここに来たなあ、って」

「ジョン？　あの犬のこと？」

鳥羽がはっとした顔になる。

「そうだけど」

律くんがふしぎそうに鳥羽を見た。

「あの犬って、もしかして、もともとは唐木先生の？」

「うん。まあ、あの家の犬だけど、唐木先生にいちばんなついてたと思う」

「そうか……。わかったよ」

鳥羽がにやっと笑った。

「わかった？」

「犯人は、ジョンだったんだ」

鳥羽が得意げに言った。

「ええっ？」

「ジョン？」

律くんと顔を見合わせる。

「七子、覚えてる？　唐木先生の家でジョンを見たときのこと。奥さん、言ってたでしょ？　ジョン、ダメよ、それを持っていっちゃ、って」

「あ、ああ、うん、そうだった……かも」

よく覚えていないが、たしかに奥さんはなにか言いながらジョンを追いかけていった。

「ジョンはなにかをくわえてたんだ。持っていっちゃいけないものを」

「そうか、わかったぞ」

律くんがぱっと顔をあげた。

「なにかを隠しにいったんだ。自分のひみつの場所に。前に本で読んだことがある。犬にはものを隠す習性があるって」

「そういうこと。野生だったころから、犬には食料を隠す習性がある。飼い犬の場合、エサだけじゃなくて、自分のお気に入りのおもちゃや飼い主の靴を隠すクセのある犬も多いみたい。不安や不満をうったえるために、ものを隠すこともあるんだって」

「そうなんだ」

「改築のどたばたでジョンも落ち着かないって順也さんも言ってたでしょ。そして、ジョンのひみつの隠し場所というのが……」

「蔵の裏？」

律くんが言った。

「そう。さっきの話だと、ジョンはむかしからよく蔵の裏に行ってたみたいだし。そこで律が『りとぼぴー』を歌ったのが証拠。迷子になったルークも同じように荒ぶっていたんだよ。でも、ふだん人が近づくようなところじゃないから、順也さんも奥さんも歌わなかった」

唐木先生の家が見えてきた。

「これで、ルークのある場所はわかった。問題は、どうやって蔵の裏に行くか、だね。律がなにか落とし物した、ってことにするか」

鳥羽がつぶやく。

「ほんとのことを言ってみないか？」

律くんが言った。

「え？」

わたしは驚いた。

「でも、順也さんはものだまの声が聞こえるわけじゃ、ないんでしょ？　そんなこと言っても、通じないんじゃ……？」

「うん。でも、あんまり嘘つきたくないんだ。ものだまのことは話さなくても、できるだけ嘘は言いたくない」

律くんの気持ちがわかる気がした。

「きちんと話せばわかってくれる気がする、順也さんなら。なんとなく、そんな気がするんだ」

律くんが鳥羽に向かって言う。

「わかったよ。律の知り合いだし、律に任せるよ」

反対するかと思ったのに、鳥羽はあっさりそう答えた。

律くんが唐木先生の家のインターフォンを押す。もう一度お訊きしたいことが、と言うと、順也さんが門まで出てきた。

「どうしたの？」

「あの、実は……」

律くんが口ごもる。

「なに？」

　順也さんがやさしい目で律くんを見た。

「実は、この家にあったチェスセットのことで……」

　律くんはそこまで言って、止まった。

「あの、これを見てください」

　ポケットからルークを出す。

「これは……うちのチェスセットの……。どうしてきみがこれを？」

　順也さんがルークをじっと見る。

「いえ。これはこの家にあったセットの駒じゃありません。祖父が持っていたチェスセットの駒なんです」

「藤沢（ふじさわ）さんの？」

「はい。ボードやほかの駒は、全部火事で焼けてしまって、残ったのは、そのときぼくが持っていたこのルークだけでした」

　律くんの声が少しふるえている。

「そうだったのか」

「実は、さっきここに来たのは、桐生（きりゅう）さんがこれと同じ駒があるチェスセットを偶然見つけたからで……」

鳥羽が言って、わたしの方を見た。

「どこで？」

順也さんが訊いてくる。

「わたしが通ってる英語教室です。藤沢くんの持ってるのと同じだったから、気になって。それで、その英語教室のチェスセットの駒がひとつ足りなくて」

「実はそれもルークだったんです。だから、わたしたち、そのセットと藤沢くんのルークが関係あるんじゃないか、と思って」

鳥羽が説明を足す。

「橘先生に訊いたら、南口商店街のアンティークショップで買った、って言われました。それで、お店に行ったら、浅間山の近くの蔵のある家から出たものだ、って。それが藤沢くんの知ってるおうちだってわかって」

わたしは続けた。

「それでここを訪ねてきたのか」

「はい。でも、さっきお話を聞いて、藤沢くんのルークとは別のものだってわかりました」

「なるほど」

順也さんが言った。

「学校の宿題だって言ったのは嘘なんです。すみません」

律くんが頭を下げた。

「それは、まあ、いいよ。きっと、そのルークが大切なものだったから、気になったんだろう?」

順也さんに言われて、律くんはちょっとうつむいた。

「でも、ということはつまり、同じチェスセットがふたつあった、っていうことなのかな?」

順也さんが首をかしげる。

「そうだと思います。手にはいりにくいものだっていう話だから、きっと、唐木先生が藤沢くんのおじいさんのために手に入れて、プレゼントしたものなんじゃないかって思ったんですけど」

「ああ、それはあるかもしれない。藤沢さんとは妙に気が合ってたし。でも、そうか。だからチェスセットがふたつ……。ほんとにうちにあったのとそっくりだ」

順也さんは律くんのルークを手に取り、くるくるまわしながら見た。

「それにしても、うちにあったセットのルークは、どこに行ってしまったんだろう」

「たぶん、まだこの家にあるんだと思います」

律くんが言った。

「なんでわかるの？」

順也さんが目をぱちくりさせた。

「はい。これはぼくたちの想像なんですけど、ジョンがひみつの隠し場所に運んだんじゃないかと」

律くんが答える。

「ひみつの隠し場所？」

順也さんがぼんやりつぶやく。

「ものを隠すクセのある犬がいる、って言いますよね？　もしかして、ジョンもそうなんじゃないですか」

鳥羽の言葉に、順也さんがはっと目を見開いた。

「そういえば、子犬のころ、父が困ってたっけ。実はこの片づけの最中も、ジョンがやたらとものをくわえて持っていってて……」

思いだすように言った。

「そうか、どこかに隠してたのか。でも、いったいどこに？」

「はい。それも見当がついてます。蔵の裏の茂みのあたりだと。ジョンが子犬だったころに、あそこにはいりこんでるのを見たことがあります」

律くんが言った。

「なるほど。言われてみると……。行って見てみよう」

順也さんは蔵に向かって歩きだした。


「あった」

茂みのなかに、なにかを埋めたようなあとが見つかった。そこを掘ってみると、いろんなものがざくざく出てきた。

ぼろぼろになった手袋やハンカチ、めがねケースにボールペン、手帳に文房具……。

そして、白のルーク。

「大丈夫だよ。仲間のところに返してあげるからね」

鳥羽が小声で言った。

空気がふわっとゆるむ。

「よかった。もうダメかと……。ありがとうございます」

白のルークに顔があらわれ、ほおっと大きく息をついた。

駒の形はそっくりだけど、律くんのルークとはぜんぜんちがう顔だった。

「驚いた。なんてこった」

順也さんの声がした。土まみれの手袋とハンカチを持って、ぼうぜんとしている。

「どうかしたんですか？」

鳥羽が訊いた。

「これ、全部父のものだよ」

「えっ」

驚いて、埋まっていたものを見た。

「いつ持ちだしたんだろうな。そういえば、父が入院してから、ジョンがいまみたいに落ち着かない時期があったっけ。あのときは、それどころじゃなかったから、かまわずにいたんだけど」

「ものを隠す話はよく聞きますが、だれかのものだけを集めるなんて」

鳥羽がつぶやく。

「ふしぎなことがあるもんだ。父のにおいがついていたのかな。たしかに、ジョンは父になついていたから」

順也さんがちょっと笑う。

「きっとジョンもさびしかったんだな」

手袋とハンカチを握った。

12 家族

土まみれの手を洗うために、順也さんといっしょに家にあがった。ジョンが出てくる。順也さんはただ、ジョンの頭をくるくるとなでた。

「明日から解体作業がはじまるからね。子どものころから見てきた蔵だし、やっぱりちょっとさびしい気もするなあ」

順也さんが笑った。

「ああ、そうだ。片づけをしていて、アルバムもたくさん出てきたんだ。若いころの藤沢さんが写ってる写真もあるはずだ。よかったら見ていかないか?」

「いいんですか」

律くんがぽかんとした顔になった。

「もちろんだよ。さあ、あがって」

リビングに入ると、順也さんが段ボール箱をあけ、アルバムを出した。革の表紙の古いアルバムだ。ページをめくり、指が止まった。

「ああ、これこれ」

色の褪せた写真が貼ってあった。ソファに大学生らしい人たちが何人か並んですわっている。

「あ。これ、もしかして、この部屋……？」

鳥羽が部屋のなかを見まわし、写真と見くらべながら言った。

「よくわかったね。家具は変わってるけど、この部屋だよ。で、これがわたし」

ソファの端にすわった男の子を指さし、順也さんが言った。小学校高学年か、中学生くらい。大人に囲まれて、緊張した表情だ。

「これが父で……。そのとなりにすわってるのが藤沢さんだ」

順也さんは、奥の椅子にすわったおじさんと、そのとなりの若い人を指さした。

「これがおじいちゃん……？　若い」

律くんが目を見はった。

「そりゃ、そうだよ。まだ大学三年のときだからね」

順也さんが笑った。

「ちょっとお父さんに似てるような……。へえ、こんな顔だったんだ」

目を凝らして見ながら、ぼうっとつぶやいた。はじめて見たという口ぶりだ。

「若いころのおじいさんの写真、見たことなかったの？」

わたしは思わず訊いた。

「ないよ。いや、小さいころ見たことあったのかもしれないけど。火事で全部燃えちゃったから、いまはないいんだ」

律くんに言われて、はっと口をつぐんだ。

そうか。家も、ものも、ものだまも、写真も、全部ないんだ。

「そうだよね。もしよかったら、少し持っていってもいいよ。藤沢さんの写ってる写真、何枚かあるから」

「ほんとですか？」

「もちろん。じゃあ、ゆっくり見てて。いま飲み物を持ってくる」

順也さんが部屋から出ていくと、すみません、という小さな声がした。ルークだ。

「わたしも見たいです、写真」

律くんは、ごめんごめん、と言って、ルークをポケットから出し、アルバムの近くに置いた。

ルークが写真を見る。律くんがページをゆっくりとめくっていく。

唐木先生は、くせのある白髪混じりの髪で、いつもチェックのセーターを着ていた。律くんのおじいさんは、まっすぐな髪で背が高い。律くんと似ている気がした。あるところまで来て、律くんの指が止まった。ルークの表情も変わる。

「チェス……」

唐木先生と律くんのおじいさんがチェスをしていた。橘英語教室で見た、あのチェスセットで。ルークが写真をじっと見つめた。

「この人、見たことがあるような……」

ルークがつぶやく。遠くを見つめ、なにか考えている。

「そりゃ、おじいちゃんの若いころだから」

律くんがルークに言った。

「いえ、ちがいます。たしかにおじいさんのこともわかります。でも、いまわたしが言ったのは、唐木先生の方です」

ルークがとまどいながら答える。

「この顔……」

ルークは唐木先生の顔を見つめた。

「思いだした。わたしはこの人と会った。話した。この人も、ものだまと話すことができたんだ」

「え？　唐木先生も？」

律くんが驚いたように言った。

「そうです。思いだしました。唐木先生と律のおじいさんは、ものだま仲間だったんです。ふたりとも、ものだまの声が聞こえて、それで意気投合して……」

ルークがリビングのなかを見まわす。

「唐木先生は、律のおじいさんにプレゼントするために、チェスにくわしいイギリスの知り合いに同じチェスセットを捜してほしい、と頼んでいたみたいで。そして、わたしたちが見つかった」

もう一度写真を見つめ、大きく息をした。

「わたしたちのもとの持ち主は年をとって死んでしまったんです。箱にしまわれたまま、長いこと、みんな眠ってました。だけど、あるとき、またふたがあいたんです。知らない人がいました。にこにこやさしい顔で、わたしのことをつまみあげて……」

ルークが思いだすように言った。

「わたしが『うわっ』と声をあげたら、その人、びっくりしたような顔になったんです。それから英語で、『まさか、ものだまままでついてるなんて。藤沢くんはますます喜ぶぞ』って笑ってました」

「そんなことが……」

　律くんは、ふたつのルークを見くらべた。

「思った通り、わたしたちを見た律のおじいさんは、とても驚いて……。大切にしてくれました。日本語も教えてもらった。よくゲームもしました。もとの持ち主とはちょっとクセがちがっていて、わたしもほかの駒も、最初のうち、おじいさんが駒を動かすとき、『ちがうちがう』『そっちじゃない』なんて叫んだりして」

　ルークの顔にやさしい笑みがうかんだ。

「楽しかったです。とても」

　そう言ったとき、ぽろっと涙が出た。

「しあわせでした」

　ぼろぼろ涙がこぼれた。

　わたしもつられて泣いてしまった。

　ポケットのなかから、タマじいの鼻をすする音が聞こえてきた。

「ぼくも……」

　律くんが言った。

「ぼくも、好きだった。おじいちゃんとものだまの話をするのが、好きだった」

そう言うと、唇をぎゅっとかんだ。でも、泣いてはいなかった。じっとがまんするような顔で、ルークをそっとなでた。


しばらくして、買い物に出かけていたらしい奥さんが帰ってきた。奥さんの話によると、チェスセットを蔵から出したあと、アンティークショップの人が来る前に、ほかのものといっしょにセットを運んだことがあったらしい。

「そのとき、駒の箱を落として、ひっくりかえしちゃったのよ。全部拾ったつもりだったんだけど、ばたばたしてたから、数までは確認しなかったの」

奥さんはそう言った。おそらくルークはそのとき、なにかの陰にはいって見落とされてしまったのだろう。

律くんは、アルバムから何枚か、若いころのおじいさんが写った写真をもらった。唐木先生のルークは、みんなで橘英語教室に届けることにしたが、今日はとりあえず、律くんが持ち帰ることになった。

「まったく七子は、すぐにびいびい泣くからの」

律くんと別れ、鳥羽とわたしだけになると、タマじいの声がした。

「子どものころの百子とそっくりじゃ」

そう言うタマじいだって泣いてたように見えたけど?

「ほんとですわ。探偵のくせに……」

フクサがぼやく。

「いや、フクサもあのとき泣いてなかった? ぐすぐす言う音が聞こえたような……」

鳥羽が言った。

「そ、そんなこと、ありませんわ」

フクサが真っ赤になる。

「まあ、いいよ」

鳥羽が、ははは、と笑った。

「でもさ」

わたしは言った。

「やっぱり鳥羽はすごいなあ。わたしは鳥羽みたいな探偵にはなれそうにないよ」

ため息をついた。

「そんなことはないよ」

鳥羽が笑った。

「今回の事件、七子がいなかったら、たぶん解決できなかった」

そう言って、深呼吸する。

「探偵には、もちろん推理力は大事だけどさ。『ものだま探偵』にとっていちばん大事なのは、困っている人やものだまを助けたい、という気持ちだからね。今回は、七子の思いが事件を解決したんだよ」

「でも、律くんを説得したのも、結局鳥羽だよ？」

「いや、ちがうよ。あれもさ、律も荒ぶってるのかも、っていう七子の言葉があったからだよ。そうじゃなかったら、だれが律のことなんか……」

鳥羽がぶつぶつ言う。

「でも、別にこれで律を『ものだま探偵団』に入れるってわけじゃや、ないからね。それだけははっきり言っておく！」

ふんっと鼻を鳴らした。

いや、だから、はいりたがってない、って。

だけど……。律くんの袋のなかにあった『バスカヴィル家の犬』のことを思いだして、くすっと笑った。

日曜の午後、律くんと鳥羽と三人で、橘英語教室を訪ねた。

きのうの夜は、律くんとふたりのルークとでいろいろ話したらしい。それですっかり寝不足で、と律くんは笑った。

ふたりのルークは、形はいっしょだが、性格はけっこうちがっていた。顔も全然似ていない。唐木先生のルークはもっとおしゃべりで、おっちょこちょいなんだよ、と律くんが小声で言った。

出てきた橘先生にルークを渡す。先生は、駒がポートベロー・マーケットの前に落ちていた、という鳥羽の話をすっかり信じてしまい、駒がそろったことをすごく喜んでいた。

「それで、できれば、もう一度あのセットを見たいんです。実は、友だちの藤沢くんがチェスに興味があって……。ね、藤沢くん」

鳥羽が律くんの方を見た。とつぜんのことに、律くんはぎょっとした顔になる。

「そうなの？　どうぞどうぞ。わざわざ届けてくれたんだし、見ていって」

橘先生が言った。

「あ、ありがとうございます」

律くんがどぎまぎしながら言った。

橘先生が駒の箱を開き、ルークを入れる。空気がゆるむのを感じた。

「あら……」

橘先生がふしぎそうな顔をした。

「変ね。なんだかいま、駒たちが笑ったみたいに見えた」

目をぱちくりさせる。

その通りだった。駒たちは笑っていた。おかえり、よかったね、と言いながら。

律くんのルークを置いたときとはちがう。そう、説得が足りなかったんじゃない。

あのときは人ちがい、ううん、駒ちがいだったから、しずまらなかったのだ。

わたしはほっと息をついた。

「気のせいよね。いま、お茶をいれるわ。ちょっと待っててね」

橘先生が部屋を出ていくと、駒たちが口を開いた。

「ありがとうございます」

キングが言った。

「わたしたちはゲームですから。そろっていなければ意味がないんです」

「そうそう。インテリアじゃなくて、ゲームですから。ただ飾られているだけじゃ、
物足りない」

「そうですよ、でも、ここにはだれかゲームしてくれる人、いるんでしょうかね？」

口々に言う。

「あれ？　生徒さん？」

そのとき、奥のドアの方から男の人の声がした。

「あ、はい。わたしはここに通ってます。でもこっちのふたりは……」

わたしが困っていると、男の人のうしろに、橘先生と大学生の娘さんの姿が見えた。

「チェスの駒がひとつ足りなかったでしょ？　それを見つけてきてくれたのよ」

橘先生が言った。

「へえ。駒、そろったのか。なんだか久しぶりにチェスをやりたくなってきたな」

チェスセットを見ながら、男の人が言った。

「お父さん、チェスできるの？」

娘さんが言った。ということは、この人は先生の旦那さんなんだな。

「できるさ。けっこう強いんだよ。でも、この家にはほかにチェスできる人、いないから」

旦那さんが残念そうに言う。

「藤沢くん、できますよ」

鳥羽の声がした。

「え、ぼく？」

律くんが面食らったように言う。

「ほんとか？　じゃあ、やってみないか？」

「いま……ですか？」

「いいだろ？」

旦那さんに言われ、律くんは困ったようにうなずいた。


チェスには、律くんが勝った。旦那さんも本気だったみたいだが、結局律くんが勝ったのだ。

橘先生も娘さんもわたしも、チェスのルールはぜんぜんわからない。でも、ふたりの真剣な顔を見ていると、なんだかどきどきして、楽しかった。

それに、駒たちの騒ぎがおもしろかった。動かされるたびに、こっちじゃない、そうじゃない、と叫んで……。あのルークも楽しそうだった。

ものだまの声が聞こえない旦那さんはいいとして、律くんは聞こえてるのに、よく集中できるな。ずっと真剣にチェスをしてる律くんに、なんだか感心してしまった。

「きみ、強いね」

旦那さんが感心して、うなった。律くんが照れ笑いする。

それに、鳥羽にはないしょだけど、チェスをしているときの律くんは、ちょっとかっこよかった。

「なんか、チェスっておもしろそうだね」

娘さんが言った。

「そうか、興味持ったか。じゃあ、教えてやるよ」

旦那さんがうれしそうな顔になる。

「いいわね。ゲームしてるあいだ、なんだか駒も楽しそうだったし」

橘先生がくすっと笑った。


お茶をごちそうになったあと、三人で家を出た。

自分だったらもっと早く勝てた、とか、鳥羽は律くんに聞こえないようにぶつぶつ言っている。強がりなのか、ほんとなのか。鳥羽は名探偵だから、チェスも強いのかもしれないけど、よくわからない。

「楽しかったですね」

ルークが言った。

「ルークも、ゲームしたかったんじゃないの？」

鳥羽が訊いた。

「ええ、それは、まあ、少しは……」

ルークが小声で言う。

「やっぱり、ひとりじゃさびしいかな」

律くんがぽつんと言う。

「ひとりじゃ、ないですよ。この前も言いましたよね。わたしの家族は律ですから」

ルークが答える。

律くんの顔がぱっとかがやく。小さく、うん、とうなずいて、ルークをそっとポケットにしまった。

よかったね、ルーク。

わたしは心のなかでそうつぶやいて、空を見あげた。

4話

わたしが、もうひとり？

1　ドッペルゲンガー

嘘……でしょ？

ぽかんとして立ちつくす。

そんな、バカな……。


朝の通学路。いつもの道。色とりどりのランドセルを背負って、友だちと歩いている子、ひとりで黙々と歩いている子。ふだん通りの風景だった。

そのとき、なにかが光った。

まぶしい。一瞬目を閉じて、もう一度あけたとき、あれっ、と思った。

あの服……。

遠くを、見覚えのある服を着た子が歩いている。

レモン色のワンピース。ノースリーブで、涼しそうな……。

ああああっ。

気づいて、声をあげそうになる。

わたしと同じ？

思わず、自分の服を見た。この前、お母さんに買ってもらったワンピース。今日はじめて着たのに、同じのを着た子に会うなんて。

でも、だれだろ？　背もわたしと同じくらいだし、髪型も似てる……。同じ五年生にはあんな子はいない。六年生？

と思ったとき、その子がくるっとふりむいた。

「えっ」

ぎょっとして立ちどまる。

なにが起こったのか、わからなかった。

あの子、わたし……。

ふりむいたその子の顔は、わたしそっくりだったのだ。

似(に)てる、なんてもんじゃない。まるで鏡を見てるみたいに、まったく同じ……。

「どうしたの？」

うしろから声がした。

「うわあっ」

驚いて、とびあがりそうになった。

「どうしたの、桐生さん」

同じクラスの久保さんが、びっくりしたような顔で立っている。

「あ、ごめん、久保さん。ねえ、聞いて、いま向こうに……」

そっくりさんがいた方を指さす。

「なに？　なんかあるの？」

「わたしそっくりの子がいたの。わたしと同じ服で、同じ髪型で、同じ顔の子が」

「ほんと？」

久保さんが目をこらす。

「どこ？」

「ええと」

わたしも人の列のなかを捜した。でも、見当たらない。それに、低学年の子はたくさん歩いているけど、高学年の子は久保さんとわたしくらいしかいない。

おかしい。さっきは、たしかにいたのに。

「いないよ、そんな子」

「おかしいなあ」

「あんまり暑いから、幻覚でも見たんじゃないの？」

久保さんが笑った。

「そ、そうかな」

「ごめん、わたし、先行くね。今日、日直なんだ！」

久保さんはそう言うと、走っていってしまった。


「桐生さん、どうしたの？」

小学校の前まで来たとき、どこからか声がした。

はっとして、まわりを見る。律（りつ）くんがいた。五年一組の藤沢（ふじさわ）律くんだ。

「あ、ああ、律くん」

「どうしたの？　ぼんやりしちゃってさ」

律くんが言った。

たしかに、そっくりさんのことが気になって、いままで上の空で歩いていた。

「もしかして、また、ものだま？」

律くんがあきれたように笑う。

「ううん。そうじゃないんだけど」

ちょっと口ごもった。

「まあ、この暑さじゃ、ぼうっとするよね」

律くんが笑った。

あれは、暑いから見た幻覚。そうに決まってる。

「そうそう、七子ったら、自分そっくりの子を見た、なんて言っちゃってさ」

背中から、声がした。「ランドセル」だ。わたしのランドセルについている、小学校低学年の男の子みたいなものだま。

余計なことを、と思ったけど、もう遅い。

「そっくりさん?」

律くんが食いついてきた。

「あ、ううん、なんでも……」

わたしは苦笑いした。

「へえ。自分そっくりの幻覚ねえ」

律くんがくすっと笑う。

あーもう、はずかしい。話したら笑われると思って黙ってたのに。

「それ、もしかしたら、ドッペルゲンガーかもしれないよ」

　律くんが言った。

「ドッペルゲンガー？」

「知らない？　ドッペルゲンガー。ドイツ語。古典的な怪奇現象のひとつ。
一、自分そっくりの姿をした分身。二、同じ人物が複数の場所に姿をあらわす現象。
三、もうひとりの自分を見る現象。英語ではダブル」
　律くんが辞書を棒読みするような口調で言った。

「日本では芥川龍之介がドッペルゲンガー現象を体験したと言われていて、ドッペルゲンガーをあつかった短編小説も書いている」

　そういえば、なにかの本で見たことがあるような。

「そして、ドッペルゲンガーに会った人は、近いうちに死ぬ、と言われている」

　さらっと言う。

「らしいよ」

「え？」

　近いうちに死ぬ。

　意味がわかったとたん、ぎょっとした。

死ぬ？

「えええーっ？」

声をあげた。

「ええと、たしか、ドッペルゲンガーとすれちがった人は、一週間で死んでしまうんじゃなかったかな」

「わたし、死ぬの？」

ごくり、とつばをのむ。

「え、まさか。単なる伝説だろ？」

律くんがあわてて言った。

「なに話してるの？」

うしろから声がした。

「ああ、おまえか」

律くんが言った。ふりかえると鳥羽がいた。

「鳥羽……」

少しほっとした。

「どうしたの、七子、顔色悪いよ」

鳥羽が心配そうに顔をのぞきこんできた。

「わたし、ドッペルゲンガーっていうのを見ちゃったみたいで……。そしたら、律くんが、ドッペルゲンガーを見た人は死ぬ、って」

「な、なに言ってるの？」

鳥羽が目を丸くする。

「だからさ、桐生さん、学校に来る道で、自分そっくりの人を見たんだって。それで、もしかしてドッペルゲンガーじゃないか、って」

「いいかげんなこと言わないでよ」

鳥羽が律くんにかみつく。

「いや、だって、むかしからよく言われてるだろ？　ドッペルゲンガーに会うと死ぬ、って。別にぼくが作ったんじゃないよ、ただ、それを教えただけ。だいたい、単なる迷信じゃないか。まさか真に受けるなんて」

律くんが、めずらしく少しおどおどしながら言った。たしかに単なる迷信だ。わたしが本気でおびえたのを見て、驚いたのかもしれない。

「あのね、七子は純粋なの。律とはちがうんだよ。言われたこと、ぼうっと信じちゃうタイプなんだから」

鳥羽……。それ、フォローになってないよ。

「そっくりさんって言ったって、錯覚かもしれないじゃない。ちょっと似てるだけなのに、そっくりだと思いこんじゃったとか。似てるからドッペルゲンガー、ってことにはならないでしょ」

「ちがうよ」

思わず言った。

「ほんとに、わたしそっくりだったの。ちょっと似てる、なんてものじゃなくて」

「そんなに？」

「うん。ふたごとしか思えないくらい。最初はうしろ姿で、レモン色のワンピースを着てたの。わたしが着てるのとまったく同じ……。で、よく見ると、その子、髪型もわたしと同じで」

鳥羽をじっと見つめる。

「で、ふりむいたら、顔もわたしとそっくりだった」

言ったとたん、すうっと寒気がした。

「見た瞬間、ちょっとぞわあっとして。顔色悪いのは、たぶんそのせい」

「そっか。でも、そんなことって」

鳥羽は、完全に納得していないみたいだ。

「きっと、暑くて幻覚見たんだよね。きのうの夜も暑くて、よく眠れなかったし」

ごまかすように笑った。あのときは絶対見た、と思ったけれど、よく考えたら、そんなこと、あるわけがない。

この暑さだしなあ。今日は相当な暑さになります、と朝のニュースで言っていたのを思いだした。

「案外、教室に行ったら、転校生がいて、その子がほんとに七子そっくりで、なんてオチだったりして」

鳥羽がはははっと笑った。


もちろん、転校生なんか来なかった。二時間目のあとの中休み、少し学校のなかを捜したけど、わたしと同じレモン色のワンピースを着た子もいなかった。

やっぱり幻覚だったんだ。昼休みがはじまるころには、そのことはすっかり忘れてしまっていた。

2　捜査開始

ところが。

その日の帰り道、わたしはまた見てしまったのだ、ドッペルゲンガーを。

鳥羽と別れて、ひとりでいつもの道を歩いていた。朝、そっくりさんを見たあたりまで来て、ああ、このへんだったなあ、とぼんやり思いだしたとき……。

前に、レモン色のワンピースが見えた。

うわあ、まさか。

立ちどまり、ちらっと見る。こわくて、まっすぐには見られない。

でも、まちがいない。

わたしと同じ髪型、わたしと同じ顔。

その子が、近づいてきて、すうっとすれちがう。

足ががくがくした。

やっぱり、ドッペルゲンガーなの？

悲鳴をあげそうになるのをおさえて、一目散に家へ走った。


「どうしたのよ、七子（ななこ）」

はあはあ息を切らして帰ってきたわたしを見て、お母さんが言った。

胸がばくばくして、すぐに答えられない。

「幽霊でも見たみたいな顔しちゃって」

心配した顔でこっちをのぞきこんでくる。

「だ、だ、だって、見ちゃったんだよ」

胸をおさえる。

「まさか、幽霊？　こんな昼間から？」

お母さんが首をかしげる。

「ちがうよ。幽霊じゃなくって、ド、ド……」

言葉につまる。

「ドッペルゲンガー」

ようやく声が出た。

「ドッペルゲンガー？」

お母さんがぼんやりくりかえす。

「自分そっくりの人のこと」

「それは知ってるわよ、有名な伝説だし……」

「それって、見たら死んじゃうんでしょ？」

ランドセルが言った。

死んじゃう。その言葉に、ぞわっとした。

迷信だよ、と律くんは言ってた。だけど、もしほんとだったら？

わたし、まだ小学生だよ？　この年で死にたくなんかない。

「ええと、つまり、七子、自分とそっくりの人を見たの？」

お母さんがわたしの顔をじっと見る。

「うん。服も髪型も背も同じで、顔もそっくり。信じられないくらい……」

ぶるぶるっとした。お母さんは目を丸くしている。

「ふしぎねえ。七子、実はね」

お母さんが首をひねった。

「さっき、聞いたのよ、北村さんのお母さんから。北村さんのお母さんも見たんですって。自分そっくりの人」

「ええっ?」

北村さんはとなりのクラスの子で、わたしと同じ橘(たちばな)英語教室に通っている。

「夕方、学校の近くを歩いてたときに見たんだって、そっくりさんを。あっ、と思ったときには、いなくなっちゃってた、ちょっと疲れてるのかな、って笑ってたけど」

「ほんとに?」

その話で、はっと我に返った。わたしのほかにも、見た人がいる?

「まったく、がたがたうるさいのお。なにがあったんじゃ?」

棚のうえから声がした。

タマじいだ。棚のうえの自分用の絹の座布団のうえでぱっちり目をあけている。

「あら、タマじい。起きたの?」

お母さんがタマじいの方を見た。

「失敬な。ずっと起きておったわ」

タマじいが、ふん、と鼻を鳴らす。

「で、なにがあったんじゃ? そっくりさんがどうの、と言っていたが」

「そう、そっくりさん。わたし、ドッペルゲンガーを見ちゃったんだよ」

「どっぺる、げんがあ？」

タマじいがあやしい発音で言ったとき、わたしの携帯電話が鳴った。

鳥羽だ。

「どうしたの？」

「また出たのよ」

電話の向こうから、鳥羽の声がした。

「出た？」

「ドッペルゲンガー」

「ええっ？」

「七子以外にも、ドッペルゲンガーを見た子がいたの」

「ほんと？」

「うん。一組の坂本さん。さっき駅の近くで会って……。七子の話をしたら、わたしも見た、って言うの。朝、学校の校舎のなかで見たんだって」

「ほんと？　実はね、わたしもお母さんから聞いたとこなの。北村さんのお母さんも見たんだって。夕方、学校の近くで」

「大人も？」

鳥羽が黙りこむ。

「これはあやしいね」

少しして、鳥羽が言った。

「一回だけ、ひとりだけなら、幻覚や錯覚かもしれない。でも、三回も重なるのはおかしい。暑さのせいで変なものが見えたにしても、みんながみんな、そっくりさんだっていうのも不自然だと思わない？」

鳥羽お得意の探偵口調。その声の調子で、はっとした。

「もしかして……。ものだま？」

「まだ、はっきりは言えないけど。明日学校に行ったら、調べてみよう」

鳥羽はそう言って、電話を切った。

つまり、あれは……。

ものだまのしわざ？

ちょっとほっとした。

それなら、一週間で死ぬ、ってことはなさそうだ。ドッペルゲンガーじゃなくて、ものだまなんだから。ものだまも、怪異現象にはちがいないけど、もう慣れっこになっている。荒ぶったものだまをしずめればいい。

「どうかしたの？」

お母さんが訊いてくる。

「ほかにも似たようなことがあったみたい。それで、ものだまじゃないか、って」

実は、わたしのお母さんも鳥羽のおかあさんも、ものだまの声が聞こえるのだ。だから、ものだまの話には関心を持っている。

「どうやら、また事件みたいじゃの。捜査するなら、明日はわしも学校に行くぞ」

タマじいが言った。


「え、そっくりさん？　わたしも見たよ」

次の朝、クラスの子に訊いてみると、うしろの席の天野(あまの)さんが言った。

「え？　いつ？　どこで？」

「あれ、いつだったっけ？　一週間くらい前。塾に行く途中だったかな」

天野さんが思い返すように天井を見あげた。

「信号待ちでぼうっとしてたとき、道の向こうからだれかに見られている気がして……、よく見たら、いたの。わたしと同じ髪型で、顔もおんなじ子が。びっくりしたよ、あのときは」

「で？」

「動けなくなってたら、友だちが来て。で、さっきの子を指さしたんだけど……」

天野さんはそこまで言って、わたしを見た。

「だれもいなかった？」

「そう。だから、気のせいだったのかな、って思って」

「その友だちには？」

「言わなかった。そのときには、どこにもいなかったし、気のせいかな、って思ったし。それに、電車に乗り遅れそうだったから」

「そっか。そのあとは？」

「ふつうに塾に行った。いままで忘れてたよ」

天野さんは笑った。

「見たのは、一回だけ？」

「うん。でも、あのときはほんと、びっくりしたなあ。最初は『あれ？』だったんだよね。どっかで見たことある、とは思ったけど、だれかわからなかった。だけど、なんとなくぞわぞわってなって、『あっ、あれはわたしだ』って思ったら、全身がさああああって」

「わかる、わたしもそうだった」

「桐生さんも見たんだ。ああ、思いだしたら、なんだかこわくなっちゃった」

天野さんはぶるぶるっとして両腕を抱いた。

「こんなことが起こってたなんて。ちっとも気がつかなかったよ。うーん、うかつだった」

昼休み、校庭の手洗い場に寄りかかり、鳥羽がため息をついた。鳥羽もほかのクラスの子から、そっくりさんを見た、という話を聞いたらしい。

「たしかに、自分そっくりの人を見ても気のせいだと思うだろうし。人に話しても、錯覚とか幻覚とか言われるだけだろうしね。でも、ちょっと訊いただけでこれだから、もっとたくさんいるかもしれない」

前の「もの忘れ事件」みたいに困ったことが起こるわけじゃないし、「りとぼぴー事件」のように、複数の子が何度も同じ歌を口ずさむわけでもない。だからあまり騒ぐ人もいなかったのだろう。

「やっぱり、ものだまなのかな？」

わたしは訊いた。

「おそらく」

鳥羽が、探偵っぽく言った。

「よかった……」

ほっと胸をなでおろす。

「え、なんで？」

「だって、ほんとのドッペルゲンガーだったら、もうすぐ死んじゃうかもしれない。ものだまなら安心だよ」

そこまで言って、ちょっとはずかしくなった。

鳥羽が目を丸くする。

「死んじゃう、って……。そんなの、ほんとに信じてたの？」

「だって」

あわわ、となった。だけど、鳥羽だってわかるはずだ。あの、ほんとに自分そっくりの姿を見たら……。

最初は、わけもわからずぼうっとする。

それから、ぞわーっとこわくなる。

「まあ、いいや」

鳥羽はくすっと笑った。

「ともかく、ものだまと考えてまちがいない。問題は、犯人がなにか、だよね」

そう言って、腕組みする。

「鏡、じゃありませんこと？」

鳥羽のポケットから声がした。フクサだ。

「鏡？」

「自分と同じ姿が見えるんでしょう？　それならやはり、鏡があやしいですわ」

荒ぶったものだまが引き起こす怪異現象は、そのものだまが宿っている「もの」の役割と関係していることが多いのだ。

「うーん、でも、ほかの可能性もあるよね？　たとえば……、コピー機とか」

わたしも案を出してみる。

「いや、コピー機はないんじゃないかな」

黙っていた鳥羽が口を開いた。

「え？　どうして？」

「だって七子、七子が最初にドッペルゲンガーを見たのって、どこ？」

「通学路だよ。畑があるあたりの……」

「でしょ？　そこにコピー機なんて、ある？」

「あっ」

うっかりしていた。ものだまの影響は、そんなに遠くまではおよばない。荒ぶっているものだまに近づいたときだけ、変なことが起こり、離れればもとにもどる。これまでの事件ではずっとそうだった。

「そういえば、ドッペルゲンガーを見た場所、みんなばらばらだったよね。学校で見た人もいるし、わたしみたいに学校に行く途中の道で見た人もいる。たくさんのものだまが、いっぺんに荒ぶってる、ってこと？」

「そうじゃないじゃろう、七子」

ポシェットのなかから、タマじいの眠そうな声がした。いつのまにか目をさましたらしい。「明日はわしも学校に行くぞ」などとはりきって言っていたわりには、ずっと眠っていたみたいだったけど。

「よく考えてみろ。同じ種類のものだまがいっせいに荒ぶって、いっせいに同じ怪異現象を起こす。どうなったらそんなことが起こるんじゃ」

「たしかに……。それは変だけど」

でも、じゃあ、なんで？

なんであちこちで怪異現象が起きてるの？

「決まってるだろ」

そのとき、男の子の声がした。見ると、律（りつ）くんが立っていた。

「律くん、どうしてここに？」

驚いて、まぬけな声を出してしまった。

「どうして、って、ぼくもこの学校の生徒だからね。いまは昼休み。通りかかっただけだよ」

あきれたような顔で言う。

「それにしても、また、ものだまか。きみたちもヒマだねえ」

律くんが笑う。

「いいでしょ。わたしたちの時間をわたしたちがどう使おうと」

鳥羽が、ぷいっと横を向いた。

まったく……。この前の事件で仲直りしたんじゃなかったっけ。

「で、なんでなの？　なんであちこちで怪異現象が起こるの？」

わたしは、律くんに訊いた。

「それは……。ものだまが動いてるから、に決まってるじゃないか」

律くんがあたりまえのように答える。

「あ」

その通りだ。荒ぶったものだまが「町じゅうにたくさんいる」より、「移動している」と考えた方が自然だ。

「そういうことじゃな」

タマじいが言った。

「そやつの言う通り、たくさんのものだまが荒ぶっているのではない。荒ぶったものだまが、あちこち移動してるんじゃ。それはまちがいない」

「もちろん、ものだま自身は動けないから、だれかがそのものだまを持って歩いている、ってこと」

鳥羽も、あたりまえのように言う。わかっていなかったのは、わたしだけみたいだ。

「となると、コピー機はありえない。あんなに大きなもの、そう簡単に動かせないでしょ？　つまり、今回荒ぶっているものだまは、だれかの持ちもの。持って歩けるくらいの大きさのもの、ってこと」

だれかの持ちもので、持って歩ける大きさ……。なんだろう？

「やっぱり鏡なんじゃありません？　手鏡なら、持ち歩くのは簡単ですわ」

フクサが言った。

「となると、持ち主は、おなごかの。男は鏡など持って歩かんじゃろ」

タマじいが言う。

「そうですわね。鏡と、櫛は女子のたしなみですから」

フクサも、もっとも、というふうにうなずく。

「え？　そうなの？」

鳥羽が首をかしげた。

「わたし、持ってないよ。七子、持ってる？」

「え、わたしも……。ハンカチやティッシュは持ってるけど、鏡までは持ち歩いてないよ。学校にも鏡はあるし……」

「まだまだ、『女子力』が足らんのう……」

タマじいがため息をつく。「女子力」なんて言葉、どこで覚えたんだろう。昼間、お母さんとテレビを見てるせいだろうか。

「桐生さんはともかく、無理だろ、鳥羽には」

律くんがふふん、と笑う。

「あのねえ。いまどき、男子が、女子が、なんていうのは古いの。だいたい、わたしたちまだ小学生だよ。自分の顔のこと気にする年じゃないって」

鳥羽が、「けっ」、という顔になる。

「あ、でも、美里ちゃんは持ってた」

わたしは、思いだしてつぶやいた。美里ちゃんはおしゃれな子で、いつもかわいい服を着てる。

「ほら、やっぱり、持ってる子は持ってるんだよ。おまえは無理だよ。中学生になっても、高校生になっても、大人になってもな」

律くんは、「ほら見ろ」みたいな顔になる。

「大きなお世話だよ。けど、たしかに持ってる子はいるね」

「じゃあ、鏡を持ってる子を探せばいいんじゃ……」

わたしは言った。

「そうかな？　分身を呼びだすのは、鏡だけじゃないだろ？」

「でも、持ち運べるものだよ。ほかになにかある？」

コピー機の話を思いだして、訊いた。

「そうだな。たとえば、カメラ」

律くんが即座に答える。

「でも、カメラを学校に持ってくる子なんて……」

言いかけて、口を閉じた。カメラを持ってくる子はいない。でも……。

「いまの携帯には、たいていカメラ機能がついていますよね」

律くんのポケットから声がした。律くんがチェスの駒を取りだす。ルーク。ふつうのチェスセットでは、塔の形の駒だが、律くんのルークは塔の上に人が乗っている、めずらしい形だ。礼儀正しく、いつも冷静なものだ。

「携帯なら、男子も持ってる。それに、だよ。学校のなかでの目撃情報が多いなら、持ち主は学校関係者だ。駅や商店街とちがって、不特定多数の人が自由に出入りするところじゃない。だけど、生徒とはかぎらない。先生もいるし、主事さん、給食室の人……。大人もけっこういる。その人たちは、ほぼまちがいなく携帯を持ってる。鏡を持ってる人も多いだろう」

「じゃあ、どうしたらいいの？　学校じゅうの人の携帯や鏡を出してもらうわけにはいかないし」

わたしは訊いた。生徒はともかく、先生や学校にいる大人たち全員の携帯を見るなんて、とてもできそうにない。

「そうだなあ。全員の荷物をチェックするなんてことは無理だよな」

律くんが腕組みし、目を閉じる。

「まずは、ドッペルゲンガーの出没地図を作ってみるのがいいんじゃないか？」

しばらく考えてから、目を開いて言った。

「出没地図？」

わたしは律くんを見た。

「犯人、というか、犯人の持ち主をしぼるんだよ。学校内のどこで出るかわかれば、何年何組か、おおよその見当はつくかもしれない」

「学校外での情報を見れば、通学経路もわかるかもしれません」

ルークが言った。

「わかった。学校周辺の地図と校内図を用意して、みんなに訊いてまわって、ドッペルゲンガーが出た場所にシールを貼っていけばいいんだね」

わたしはうなずいた。でも、一学年四クラス、一年から六年まで全部まわるとなると、けっこう大変そうだ。

「いや、もっと楽な方法があるよ」

鳥羽が、にやっと笑った。

「え？　どうするの？」

「新聞を作るんだよ」

「新聞？」

「なるほど。それはありかもな。『いま話題のドッペルゲンガー事件を取材して新聞を作ります』ってことにすれば……」

律くんがうなずく。

「いいんじゃないか、おまえにしてはよくできてる」

あくまでも、上から目線だったが。

「最初は聞きこみにまわらなくちゃならないけど、そのうちしぜんに情報が集まってくるようになるはず」

鳥羽は自信満々の顔だ。

「方針は決まったな。じゃあ、がんばって」

律くんが手を振って去っていく。

「あ、待って。集めるって言っても、学校、広いし、分担とか……」

律くんのうしろ姿に話しかけてみたけれど、律くんはふりむきもせず、校舎にはいっていってしまった。

「まあ、いいじゃない。律には無理だよ、こういう仕事はさ」

鳥羽の声がする。

「そうだね」

考えてみたら、律くんがそんなのやるわけない。はああっとため息が出た。

3　七ふしぎ新聞

次の朝、学校で鳥羽に会うなり、小さな紙の束を渡された。

「なに、これ？」

名刺の大きさの薄紫色の紙の束だ。「坂木小学校七ふしぎ新聞　記者　五年二組　桐生七子」。真んなかに、でかでかとそう印刷されていた。

「わたしのは、これ」

鳥羽がわたしの顔の前に、同じ大きさでピンク色の紙をさしだす。「坂木小学校七ふしぎ新聞　記者　五年二組　桜井鳥羽」と書かれていた。

「学校で聞きこみするときに、必要でしょ？　きのうの夜、お父さんのパソコンを借りて作ったんだ」

鳥羽が得意そうに胸をはった。

「は、はあ……」

「こういうの、むかしからやってみたかったんだ。ほら、ものだま探偵って、相手に名乗れないじゃない？」

ものだま探偵は、探偵といっても、だれかから依頼を受けるわけじゃない。なにしろ、ほとんどの人はものだまの存在を知らないのだから。変なことが立て続けに起こっても、みんな、それがものだまのしわざとは気づかない。

ものだまを知らない人には、ものだまのことは教えない。教えても信じてもらえないから。鳥羽はそう言っていた。

鳥羽の家では、お母さんと、いっしょに住んでいるお父さんの方のおじいさんだけが、ものだまの声を聞くことができる。でも、おばあさんやお父さん、別の家で暮らすお母さんの方のおじいさん、おばあさんには聞こえないらしい。

うちも、お母さんとわたしは聞こえるけれど、お父さんには聞こえないみたいだ。子どものころは聞こえても、気づかないうちに聞こえなくなることもあるようで、どうして聞こえる人と聞こえない人がいるのかは、よくわからない。

というわけで、鳥羽いわく、「ものだま探偵は孤独な仕事」なんだそうで、鳥羽はいつも自主的に学校や町のなかをパトロールして、荒ぶったものだまがいないか探し、だれも気づかないうちに怪異現象をしずめている、というわけだ。

「それに、探偵の次に、新聞記者もやってみたかったからね」

「そうなんだ……」

　鳥羽はなんだかうれしそうだ。でも……。今度は、新聞記者……？　わたし、そんなのできるかなあ。

「けど、こんなふうに聞きこみしたら、記事にしなくちゃならなくなるでしょ？　ほんとに新聞作るの？」

「もちろん、作るよ」

　鳥羽は勢いこんで言った。宿題とかはぜんぜんやる気ないくせに、なんでこういうことだと夢中になるんだろう？

「でもさ、『ものだまのしわざ』とは書けないじゃない？」

「『ドッペルゲンガー出現地図』『目撃者の話』『ドッペルゲンガーとはなにか？』『ドッペルゲンガーを見てしまったら？』……。書くこと、たくさんあるじゃない。これだけあれば、壁新聞一枚くらいすぐに埋まるよ」

「そんな、いいかげんな……」

「解決しなくてもいいんだよ。世の中にも未解決事件はたくさんあるし」

　んー……そうなのかなあ……。

「とにかく、あくまでも目的はものだまの調査。荒ぶったものだまをしずめないと、このドッペルゲンガー騒ぎ、どんどん大きくなるに決まってる。わたしたち探偵団が、ふせがないとね」

「そ、そうだね」

たしかに、わたしもあれをまた見るのは、ちょっとこわい。やるしかないか。

「この名刺、わたしは桜井だから桜色の紙。七子は桐生だから桐の花の色の薄紫。考えて作ったんだよ」

鳥羽がにこっと笑った。


「へえ、七ふしぎ新聞？」

名刺の評判はなかなかよかった。名刺を出すと、なぜかみんな興味を示し、いろいろ話してくれる。おもしろいくらい情報が集まった。

何組のだれそれがそんなことを言ってた気がする、という話を聞きつけては、本人のところに訊きにいった。

たいていは、「気のせい」とか「見まちがい」とか思って、すぐに忘れてしまったみたいだけど、なかにはドッペルゲンガーの話を知っていて、わたしと同じように、

「死ぬかも」とおびえている女子もいた。

何日か経つと、わたしたちが聞きこみをはじめたことで、噂が広まったらしく、ドッペルゲンガーを見た、という人はますます増えた。

予想通り、律くんはまったく聞きこみに協力してくれなかったけど、鳥羽の「新聞を作る」というアイディアのおかげで、わざわざ聞きこみにまわらなくても、情報は向こうからどんどんやってくるようになった。

休み時間になると、ほかのクラス、ほかの学年の子がわたしたちを訪ねてくるのだ。目撃情報が来るたびに、町の地図と、校内図にシールをペタペタ貼る。大いそがしだった。


一週間もすると、地図の上はシールだらけになった。

「なるほどねえ。出現する時間帯は、登校中がいちばん多いみたいだな」

地図を見ながら律くんがつぶやいた。情報を集めているあいだは顔を出さなかったのに、シールがいっぱいになったころを見はからって、中休みにやってきたのだ。

「そうだね。それに、二丁目方面からの道ばっかりだよ」

わたしは答えた。クラスのほかの子たちはみんな外へ遊びにいき、教室には、わたしたち三人だけだった。

「でも、帰りはちがうみたいだね。下校時間に二丁目方面の通学路で目撃された例はほとんどない……」

律くんが腕組みする。

「ほんとだ。それに遅い時間が多いね。五時くらい……かな」

わたしも、そのことはおかしいと思っていた。

生徒の通学路は決まっている。学校に届けを出して、それ以外の道を通っちゃいけないことになっているのだ。だから、もし、ものだまの持ち主が生徒だとしたら、行きも帰りも同じ道を通るはずだ。

「あと、学校内は……。校舎の一階が多いみたいだね」

学校内の地図に目を移し、律くんが指さす。

「うん。あと、正門、渡り廊下なんかも」

わたしは言った。

「校庭や体育館、校舎の二階以上では、ほとんど目撃情報がないんだよね」

鳥羽が地図を指でたたいた。

「ずいぶんはっきりしてきたじゃないか」

律くんがいつもの上から目線で言った。

「つまり、まとめるとこんな感じかな」

律くんがノートのページを一枚切りとり、書きはじめた。


〈校外〉
・出現する時間は登校中がいちばん多く、二丁目方面からの道にかぎられる。
・下校時間、二丁目方面の通学路で目撃した人はほとんどいない。
・夕方にも目撃されるが、場所は二丁目ではなく駅方面に行く道。

〈校内〉
・正門、渡り廊下、校舎の一階でよく目撃される。
・校庭、体育館などで見た人はいない。
・校舎の二階以上で見た人はいない。

「正門や渡り廊下で目撃されているのは、たいてい朝だよね。つまり、学校に来るときは持ってくるけど、着いたら一階のある場所に置いたまま、ほかのところには持っていってない、ってことじゃないかな」

　鳥羽が言った。

「ある場所？」

　鳥羽の顔を見る。

「教室に置いたままのものって、たくさんあるでしょ？　たとえば教科書。遊びにいくときには持っていかないよね？　特別教室に移動する図工や理科や家庭科以外の教科書は、ずっと教室にある」

「そんなこと言ったら、個人の持ちものはたいていそうだよな。ただし、学校に置きっぱなしのものじゃない。それだと、正門や渡り廊下にあらわれるのが説明できない。毎日持ってきて、持って帰るもの、ってことだ」

　律くんが言った。

「でも、なんだろう？　毎日持ってきて、持って帰るものってたくさんあるよ」

「ここまでの材料だけで、『それがなにか』を決めることはできないよ。むしろ、場所と時間に注目して、『だれの持ちものか』を考えた方がいい」

「そうだね。一階にあるのは、職員室、校長室、主事室、図書室、一、二年生の教室……」

鳥羽が構内の地図をにらむ。

「やっぱり、職員室があやしいと思うな」

律くんが、ふう、と息をはく。

「やっぱり、荒ぶっているものだまは、携帯かスマホなんじゃないか。それだったら先生たちはたいてい持っているだろうし、授業中は職員室に置きっぱなし。カメラ機能もあるから、ドッペルゲンガーとも結びつきやすい」

律くんがすらすら言う。

「それに、登校時間は生徒とほぼ同じで、帰りは生徒たちよりずっと遅い。生徒とちがって、登下校の道もしばられないから、朝は通学路であらわれ、夕方は遅い時間に別の場所であらわれる、という条件にも合致する。主事室もあるけど、主事さんたちが学校に来るのは、生徒の登校時間よりずっと早いからね。だから、先生しか合致しない」

さすがは律くん。論理的だ。

「携帯かスマホねえ」

鳥羽は納得がいかない、という顔をした。

「まあ、そう決まったわけじゃ、ないけどな。『鏡』もありだと思うし。女の先生だったら、鏡は持ってるだろ？　それに、そうだな、たとえば、おそろいの服とか。同じ小物を持つとか……」

「そっか。同じ形がふたつあるからドッペルゲンガー……。あるかもしれないね。けど、その場合、ふたつのものだまがかかわってる、ってこと？」

　わたしは訊いた。

「そうとはかぎらないんじゃないか？　片方だけが荒ぶってしまうこともあるだろうし、そもそも、ものだまが宿ってるのが片方だけ、ってこともあるかもしれないし。いずれにしても、通学路がわかってるんだから、まず持ち主を探すのが早いんじゃないかな。先生たちで、二丁目方面から通っている人を探す」

「律は先生だって決めつけてるけど、生徒の可能性もあると思うよ。一階に教室のある一、二年生の子」

　鳥羽が言った。

「そうだね。一、二年で携帯やスマホや鏡を持ってる子は、あんまりいないだろうけど、おそろいのものだったら持っててもおかしくないし」

「けどさ、じゃあ、なんで朝と夕方で通る道がちがうわけ？　それに時間帯も」

　律くんが言いかけて口ごもる。

「どうしたの？」

「そうか、学童……」

思いついたように、ぼそっと言った。

「そういうこと。学童保育の子が児童館から帰るのは、五時くらいでしょ？」

鳥羽が得意気に言った。

「学童って、『坂木子ども広場』？」

わたしは訊いた。

「そうだね。坂木小学校の学童の子はたいてい、学校併設の『坂木子ども広場』か、学校から次に近い『四丁目児童館』に行く。けど、一、二年生はほとんど『坂木子ども広場』に入るんだよ。なにしろ、学校にくっついてるからね。安全だし」

律くんが答えた。

「律もわたしも、一、二年のころは『坂木子ども広場』に行ってたよ。三年生になってからは『四丁目児童館』に変わったけど」

「そうなんだ」

「坂木子ども広場」は、一、二年生が優先なので、三年生になるとたいてい、「四丁目児童館」に通うことになるらしい。

「それと、学童の子たちはみんな、両親が働いてるでしょ？　なかには両親の帰りが遅くて、学童のあとに自宅に帰るんじゃなくて、おじいちゃん、おばあちゃんちに行く、って子もいる。そういう子は、登下校路をふたつ登録してるんだよ。で、どっちに帰るか、保護者が学童の先生に連絡する」

鳥羽が言った。

「なるほど、つまり、もし一、二年生の子がものだまの持ち主だった場合、その子は二丁目方面に住んでいる。でも、おばあちゃんちかなにかが駅方面にあって、帰りはそちらに行くこともある、ってこと？」

「そうであれば、登下校中の目撃情報、学校内での目撃情報と合わせても、つじつまが合うでしょ？」

鳥羽は、さっきの紙のいちばん下にこう書きたした。

〈推論〉

・ものだまの持ち主は、先生、または学童に通っている一、二年生（家は二丁目方面で、親戚の家が駅方面にある）。

「まあ、ぼくは先生だと思うけどね」

紙を見おろして、律くんが言った。

「どうして？」

わたしは訊いた。

「一、二年生が、携帯とか鏡を持ってくる可能性は低いんじゃないか？　勉強に関係のないものは持ってこないように言われてるし、携帯はまだ持たせてもらってないだろうし」

律くんが自信たっぷりに言う。

「それに、調査方法として、やみくもに調べるより、対象を限定してからつぶしていった方が確実だろ？　まず、いちばん可能性の高い先生を調べる。で、該当する人がいなかったら、次は学童に行ってる一、二年生を調べる、って感じで」

「その、先生、っていうのが、なんか、ぴんと来ないんだけど」

鳥羽が、おもしろくなさそうな顔をした。

「なんでだよ？」

「いや、別に根拠はないけど」

口ごもり、鳥羽は目をそらした。

「つまり、『探偵の勘』ってやつ?」

律くんが鼻で笑う。

「まあ、いいんじゃない? それがきみたちのやり方なら。登下校路は確定したし、この道を通る人たちを片っ端から調べれば?」

人ごとのように言った。

「『調べれば』?」

鳥羽が、ぎろっと律くんを見る。

「そりゃ、決まってるだろ? ぼくは塾があるから、聞きこみはできない。それに何度も言うけど、ぼくは探偵団のメンバーじゃないからね」

「そういうことじゃなくて、なんで律が指示出しするの、ってこと」

「指示出しじゃないよ。提案しただけ」

またはじまっちゃった……。なんで? ふたりとも、ぷいっと横を向いたまま。なだめたいけど、なんて言ったらいいかわからない。

そのとき、チャイムが鳴った。

「じゃ、教室にもどらないと」

律くんはそう言って、二組の教室を出ていった。

4　聞きこみ

帰り道、鳥羽はずっと律くんの態度にぶつぶつ文句を言っていた。

「ほんと、律って、どうしてああなんだろう。小さいころからずっとだよ。まったく、ちょっと成績がいいから、って」

律くん、今回は別に成績のことなんて言ってないよ……。でも、鳥羽が文句を言うのも少しわかる。言ってる内容ではなくて、しゃべり方の問題かもしれない。なんとなく、こっちがバカにされているような気持ちになる。

「たしかに筋は通ってるかもしれないけど」

さっき律くんを論破できなかったことがくやしいのかもしれない。あー、とか、もうー、とか声をあげて、頭をおさえている。

「でも、律くんの言ってたことって、ほんとに筋が通ってるのかなあ」

わたしがつぶやくと、鳥羽が目をあげた。

「うまく言えないんだけど……。鳥羽の推理のときって、わたしもなんとなく、そうだなって思うの。理屈はわからないけど、しっくり来る、っていうか。でも、あのときの律くんの話は、なんかそうじゃなくて、ちょっと強引だなって……」

「どこらへんが？」

鳥羽が、じっとわたしを見た。

ゆっくりと、さっきの律くんの話を思いだしてみる。律くんは、ものだまの持ち主は先生だと思うって言ってた。一、二年生は携帯や鏡を持っていないから、って。でも、ほんとにそうだろうか？

「律くん、ものだまの持ち主は先生だって言ってたじゃない？　一、二年生より可能性が高いって。そこがなんか、納得がいかない。帰りの時間のことだったら、鳥羽の言ってた『学童の子』説も筋が通ってる気がするし……」

「そう、かな？」

鳥羽が少しうれしそうな顔になった。

「うん。なんとなく、だけど、律くんは犯人を携帯かスマホって決めつけてる気がする。だから先生の可能性が高いと思ってるんじゃないかな。でも、まだそう決まった

「どういう意味？」

わけじゃないし」

「そうだよね。実はさ、わたし、『持ち主は先生』説、どうしてもぴんと来ないんだよね」

「なんで？」

「うーん、うまく言えないんだけど……。探偵の勘、かな？」

鳥羽は、ははは、と笑った。

勘……。だけど、いままで何度も事件を解決してきた鳥羽の言うことだ。説明できないだけで、きっとなにかあるんだ。

「たとえば夕方の目撃情報。五時ごろに集中してるでしょ？　もちろん、五時をすぎると外で遊んでる子もみんな家に帰りはじめるから、それ以降が少ないのは当然なんだけど……。でも、先生たちの帰る時間って、毎日ばらばらだと思うんだ」

「そうだね。わたし、お母さんといっしょに出かけた帰り、夜八時すぎに駅に向かう先生たちと、すれちがったことがある」

思いだしながら言った。

「だけど、夕方のドッペルゲンガーの目撃時間はだいたい五時ごろ」

鳥羽のしゃべり方が、だんだんいつもの探偵口調になってきた。

「学童の子が帰る時間だよね」

「時間を延長して、もっと遅く帰る子もいる。でも、いちばん多いのは五時帰り。目撃場所から推測される帰り道も、二パターンしかない。家とおばあちゃんちの二カ所に帰る小学生の方が、ぴったり来る気がする」

「ほんとだ、たしかにそうだね」

「なんだか、少しずつ頭がすっきりしてきた。そもそも、犯人が携帯やスマホっていうのが、なんかちがう気がするんだよね」

鳥羽が宙を見あげる。

「どうして？」

「たしかに、携帯やスマホでも写真は撮れるから、ドッペルゲンガーと関係してると言えなくもない。けど、携帯だったら、おもな機能はそこじゃないでしょ？　ものだまが荒ぶったら、もっと別の現象が起こるんじゃないかな。電話だから声に関係した現象とか、メール関係とか」

「メール関係って？　目の前に文字が見えるとか……？」

「それはわからないけどね。お告げみたいに、謎のメッセージを受けとったみたいな気持ちになる、とか」

「それはそうかも。でも、鏡は？　女の先生だったら、鏡を持ってる人は多いんじゃないの？　お化粧道具には鏡、ついてるでしょ？　鏡って、話しかけられることが多いんじゃないかな。自分の顔が映ってるから、悩みがあるときとか、つい話しかけちゃう。うちの鏡にも、ものだま、ついてるよ」

「まあ、七子の家はねえ……。お母さんも七子も、やたらと『もの』に話しかける性格だから」

鳥羽が苦笑いする。

わたしの家には、ものだまが多い。それは、お母さんがよく「もの」に話しかけているからで……。鍋や食器にも、ものだまが宿っている。

きっとお母さんに似たんだろう。わたしもよく、「もの」に話しかけているみたいで、結果、わたしの部屋にも、たくさんものだまがいる。

「たしかに鏡に話しかける癖のある人は、いそうだけどね。なんかぴんと来ない、っていうか、しっくり来ない、っていうか。これぱっかりは理屈じゃないから、説明できないけど」

鳥羽が困ったように言った。

「でも、ベテランの鳥羽がそう思うんだったら、きっとなにかあるんだよ」

　わたしがそう言うと、鳥羽は驚いたような目をした。

「これまでだって、鳥羽は何度も事件を解決してきたんだし。わたしは、鳥羽は名探偵だと思う。だから、鳥羽の方針でいこうよ」

「七子……」

　鳥羽がじっとわたしを見た。

「七子のおかげで元気出たよ。なんか、律にいろいろ言われて、ちょっと迷ってたんだけど、そうだよね、わたしたちはわたしたちのやり方でいこう」

「うん」

　わたしは力強くうなずいた。

「で、どうするの？」

「うーん」

　鳥羽は目をつむり、じっと考えこむ。

「やっぱり……」

「やっぱり？」

「ここは、聞きこみかな」

　目をあけて、鳥羽が言った。

「聞きこみ？」

「うん。朝、早く家を出て、みんなが登校する時間より前に、七子が最初にドッペルゲンガーを目撃したあたりで、聞きこみ。道を通る生徒と先生に話を訊く」

それって結局、律くんが言ってた「この道を通る人を片っ端から調べる」ってやつでは……？

「先生については、見かけたら名前をメモして、あとで話を訊きにいく。低学年には声をかけ、ドッペルゲンガーを見たことがないか訊く。見たことがある、と答えた子には、学年・組と名前を訊いて……」

たしかに、いつもの「ものだま探偵団」らしいやり方だ。さっきも律くんに「やみくもな調査」って言われたっけ。

「でもさ、鳥羽。あの道、けっこう、人、通るよ？　全員をつかまえて話を訊く、なんてできるかな？」

おそるおそる言った。

「できるかどうか、じゃない。やるしかないんだよ」

鳥羽が、ぎゅっとこぶしをかためた。

「律に勝つためには。七子、いっしょにがんばろう！」

「う、うん、わかった……」

なんだか、またしても大変なことになってしまった。でも、はりきる鳥羽を見ていると、ちょっとうれしかった。


次の朝、いつもより三十分も早く起きて、約束の場所に向かった。朝早いせいか、涼しい気がした。

鳥羽は、わたしより早く来ていた。メモ帳を片手に、気合いのはいった顔つきだ。

でも……。いざやってみると、そんなに簡単ではなかった。

最初は通りかかる人数が少なかったから、なんとかなった。だけど、登校時間が近づくにつれて人数が増え、だんだん全員に話を聞くのがむずかしくなってきた。

低学年はドッペルゲンガー騒動を知らない子も多いし、ドッペルゲンガーと言っても通じないから、説明に時間がかかる。もたもたしているあいだに、ほかの子たちが横を通りすぎていく。

それどころか、集団で話しながら歩いている子たちは、話しかけても気づいてくれない。すごい勢いで走って通りすぎてしまう子もいるし、人見知りなのか、知らない人と話しちゃいけないと言われているのか、声をかけると逃げてしまう子もいた。

時間が経つにつれて、通りかかる子はどんどん急ぎ足になり、「急いでるから」と言って、通りすぎていってしまう。

あちこちに大きな穴のあいたザルで、魚をすくっているみたいだった。

結局、一日だけではどうにもならず、聞きこみは三日に渡った。すべての生徒と話ができたわけじゃない。だが、ひとつだけはっきりしたことがある。

この道を通って通勤してくる先生はいない、ということだ。極端に早い時間に通勤している先生がいるのかもしれないけど、生徒たちの登校時間でないなら、生徒がドッペルゲンガーを見ることはない。

つまり、律くんの唱えた「ものだまの持ち主は先生」説はハズレ、ということだ。

「ふふふ。これで、律に勝ったな」

進展はあまりなかったが、鳥羽は妙にうれしそうだった。

次の火曜日は全校午前だけの授業で、下校中の低学年の子と話すチャンスだった。この時間に目撃された例は少なかったが、駅方向の道で聞きこみをすることにした。

クラスごとに帰りの会が終わる時間がちがうから、下校する生徒たちはいつまでも続いた。だらだらと歩いている子も多く、朝の聞きこみより時間がかかる。

のど、かわいた……。

日ざしが痛い。肌がひりひりする。おでこからふきだした汗がぽたぽた落ちた。

「もう無理だよ。このままじゃ熱中症になっちゃう」

鳥羽に弱音をはいた。

「うーん、そうだなあ。まあ、低学年の子の群れはだいたい去ったよね。このへんで、引きあげることにするか」

鳥羽はちょっと残念そうだ。

「よかった」

ほっとした。

「のどもかわいたし、とりあえず〈笹の便り〉に行こう」

鳥羽が言った。

「ほんと？　やったー」

暑さも忘れて、とびあがった。〈笹の便り〉は、鳥羽のお母さんの佑布(ゆう)さんが営む和菓子と日本茶のカフェだ。佑布さんの作った和菓子は、見た目も宝物みたいにきれいで、信じられないくらいおいしいのだ。

「七子、ほんとにお菓子、好きだよね」

鳥羽があきれたように笑った。

〈笹の便り〉の門をくぐるとき、十人くらいの女の人のグループが出てきた。お客さんらしい。

「おいしかったわねえ」

「あの甘夏のキンギョクカン、最高だったわあ」

「竹筒の水羊羹もすごくおいしかったわよ」

口々に言いながら門を出ていく。

甘夏のキンギョクカン……竹筒の水羊羹……。

なんだかわからないけど、おいしそう。聞いているだけでくらくらする。

笹の茂った小道を抜け、〈笹の便り〉の扉をあける。

鳥羽が首だけつっこんで、ちらっと店内を見まわした。

「大丈夫そうだよ」

鳥羽がこっちをふりかえって言った。

お客さんはいないみたいだ。〈笹の便り〉は小さな店だから、さっきのお客さんたちで貸切状態だったんだろう。

「涼しいー」

お店に入ったとたん、思わず声が出た。

クーラーが効いてるだけじゃない。ほんのり暗く、しんとした店の隅に、四角く水を張った場所があり、大きな枝が生けてある。そこに、とぽとぽ小さく音を立てながら、水が落ちていた。

この店はもともと庭に建てられた茶室で、横に井戸があったらしい。カフェに改築するとき、井戸を建物の中に入れた。四角い場所に流れこんでいる水は、地下から湧いてくる井戸の水なのだ。

そして、窓の外に見える緑。ときどき、ちりんと鳴る鉄の風鈴……。さっきまでの暑さが嘘みたいだ。

「うわあ、ふたりとも汗びっしょりじゃない。どうしたの？」

佑布さんが目を丸くした。

「ちょっとね。外で聞きこみしてて……」

鳥羽が答える。佑布さんも、ものだまの声を聞くことができる。そして、子どものころ少しだけ、鳥羽と同じようなことをしていたらしい。「ものだま探偵」なんて名乗ってはいなかったみたいだけど。

「とにかく、汗拭いて」

佑布さんが棚からタオルを出す。

「あ、ありがとうございます。大丈夫です。タオル、持ってます」

わたしはランドセルをおろし、なかからタオルを出した。

「聞きこみって、まさか、外で？」

「うん。下校中の子たちと話さなくちゃいけなかったから」

鳥羽が、出されたタオルで汗を拭きながら答えた。

「だめじゃない。いまお水を出すから。ああ、でも、梅ジュースの方がいいかな」

「ああ、わしにも冷たい水をくれんかの」

ポシェットから声がする。タマじいだ。

「水……って？　どうするの？」

飲むの？　石なのに、どうやって？

「浸かるんじゃ。暑くてかなわん」

「はいはい。じゃあ、ちょっとすわって待ってて」

佑布さんが、笑いながらカウンターの奥に行く。

わたしたちは井戸の近くの席にすわった。佑布さんが飲みもののはいったグラスと、水のはいったボウルを持ってきてくれた。

まずはタマじいをボウルに入れる。

「おおおー、冷たいのう。生き返る……」

生き返る？　ものだまなのに？　生きてる……のか？

うれしそうなタマじいを見ながら、グラスに口をつけた。

「うわー、おいしいー」

梅のにおいが広がった。甘くて、酸っぱくて、とてもおいしい。のどがからから
だったせいか、飲んだとたん、身体じゅうに水がしみわたっていくような気がした。

雨が降った日の植物もこんな感じなのかなあ。

「生き返るー」

鳥羽も、タマじいと同じことを言った。

「落ち着いた？」

佑布さんが言う。涼しい店内にいるせいか、いつのまにか汗も引いている。

「はい。ありがとうございました」

「たくさん汗をかいたあとは、お茶よりこういうのの方がいいものね」

佑布さんがくすっと笑う。

「ああ、でも、お菓子もあるわよ。季節のお菓子は『竹の音(ね)』っていう竹筒の水羊羹か、『砂丘の夕暮れ』っていう甘夏のキンギョクカン。どっちがいいかな」

さっきお店を出ていった人たちが言ってたお菓子だ。

水羊羹は大好物だ。しかも竹筒にはいってるなんて。でも、甘夏の方も気になる。

「キンギョクカンって、なんですか？」

「寒天を使ったお菓子のことよ。寒天に甘みを入れて、かためるの。ゼリーみたいに透けてて涼しげだから、夏には欠かせないお菓子。見てみる？」

佑布さんに言われて立ちあがり、カウンターの近くのショーケースをのぞきこんだ。

『錦玉羹　砂丘の夕暮れ』。札にそう書かれている。「錦玉羹」って書くのか。

「きれいですね」

四角くて、上半分は透き通ったマーマレード色のゼリーみたいなもの、下半分はマーマレード色がかった白。上と下は直線で分かれているんじゃなくて、分かれ目がゆるいカーブを描いている。たしかに、砂丘の夕暮れの空みたいだ。

「上は、道明寺粉と寒天を合わせたなかに砂糖漬けした甘夏の皮を入れてるの。下は甘夏を入れた白あん。長い型に入れて作ったのを切っているのよ」

「こっちにします」

わたしは「砂丘の夕暮れ」をさして言った。水羊羹も、きっとふつうの水羊羹とはちがう、すごくおいしいものなんだろうけど……。でもこれまで食べたことのない甘夏のお菓子の誘惑には勝てなかった。


「はああ、おいしかった……」

最後のひと口を食べ終わり、ため息をつく。「砂丘の夕暮れ」、寒天の甘夏の皮がほろ苦く、白あんはなめらかで甘夏の香りがした。食べ終わってしまうのがおしかった。

「喜んでもらってうれしいわ。七子ちゃんはほんとに和菓子、好きよね。高校生になったら、うちでバイトしない?」

「はい、ぜひ!」

佑布さんに訊かれて、すぐに答えた。願ってもないチャンスだ。ここでバイトすれば、和菓子の作り方も教えてもらえるかもしれない。

「バイトさせてくれる、って」

うきうきして鳥羽に言った。

「よかったねえ。でもさ、そろそろ事件の話もしたいんだけど……」

「あ、ごめん」

「まったく……。そんなことだから、いつまでも見習いのままなんですわ」

フクサの声がした。あいかわらず、えらそうだ。

「まあまあ。とにかく、これまでわかったことをまとめようか」

鳥羽がノートを開き、律くんといっしょに書いた紙を出した。

「まず、わかったことその一。ものだまの持ち主は先生じゃない」

鳥羽は〈推論〉のところの「先生」の上に線を引いて消した。

「つまり、ものだまの持ち主は学童保育に行ってる一、二年生、ってことだよね？」

「うん。『坂木子ども広場』の子だと思う。一、二年生でも『四丁目児童館』に行く子もいるけど、そっち側での目撃情報はないから」

「『坂木子ども広場』に行ってる子、何人くらいいるのかな？」

「わたしが行ってたころは、一、二年生合わせて八十人はいたと思う」

鳥羽が答える。

「なるほど。けっこういるのう」

タマじいがうなった。わたしたちも児童館に行くことはできるが、八十人の子全員に話を訊くとなると、相当大変そうだ。

「かなり時間がかかりますわね」

フクサがため息をつく。

「まあね。でも、『坂木子ども広場』の子、全員じゃなくていいんだよ。二丁目方面の自宅のほかに、駅方向に帰ることがある子だけ」

鳥羽が言った。

「ああ、そうか」

「けど、聞きこみが大変なのはまちがいないね。だいたい、学童のなかって、いつも大混乱状態でしょ。遊ぶのに夢中で、こっちの話をしずかに聞くとは思えない」

「そうだねえ」

登下校中の聞きこみで、そのことは身にしみてわかっていた。

「低学年というのは、ほんと、にぎやかですからね」

フクサもうなずく。

「あと、実は……。もうひとつ、気になってることがあるんだ」

鳥羽が言った。

「え、なに?」

「この前、律と話したときにも出たことなんだけど」

鳥羽はそう言って、学内の地図を出した。

「学内でドッペルゲンガーが出た位置のこと。門の付近と校舎の一階に集中してたでしょ？」

「だから、ものだまの持ち主は先生か一、二年生、ってことになったんだよね」

「そう。だけど、それは教室の外の話」

鳥羽が地図をにらみながら言う。

たしかにその通りだ。これまでの話に出てきたのは、門やろうかや渡り廊下、全部教室の外の話だ。

ものだまの持ち主が一、二年生だから、しかたない。これまで話を聞いてきたのは高学年ばかりだった。一、二年生の教室のなかにははいっていない。

「けど、そのクラスの子はどうなのかな？」

鳥羽がわたしの目を見た。あっ、と思った。

「そうか。教室のなかでドッペルゲンガーを見た子を探せば、クラスが特定できる……？」

「そういうこと」

「でも、もし、そのものだまが教室のなかにあったら、そのクラスの子たちは教室にいるあいだじゅう、ものだまの影響を受けてる、ってことだよね？　全員がしょっちゅうドッペルゲンガーを見てたら、大騒ぎになるんじゃない？」

「そうなんだよね。まあ、ものだまの力はそんなに遠くまで届かないからね。教室のなかで、ものだまが子どもから離れた場所にあれば」

たしかに鳥羽の言うとおりだ。これまでの事件でも、問題のものだまにかなり接近しないと影響は受けなかった。

「でも、離れた場所って、どこなんだろう？」

わたしは首をひねった。

「あのさ」

とつぜん、机の下から声がした。ランドセルだ。

ふだん、調査のときは、家にいったんランドセルを置いてから集合する。だが今日は、下校中の子の聞きこみをするため、ランドセルを背負ったまま調査に行き、そのまま〈笹の便り〉に来てしまったのだ。

「ぼく、さっきからずっと考えてたんだ。もし、そのものだまがぼくみたいなランドセルか、ランドセルにくっついてるものだったら、って。教室のなかでは、うしろのランドセル置き場に置かれてて、生徒たちから離れてるでしょ」

「ほんとだ」

　鳥羽が声をあげる。

「その通りだよ。ランドセルにくっついてるなら、授業中は席から離れてる。そしてずっと教室にある。そうだよ、きっとそれだ。ランドセル、よく気がついたね」

　鳥羽がランドセルをなでた。ランドセルはほめられたのがうれしいのか、得意そうに、えへへ、と笑った。

「ものだまの影響を受けるのは、ぼんやりしてるとき。休み時間にランドセル置き場に近づくことはあっても、そのときはみんな、遊びに夢中だろうし、登校して荷物を出すときとか、帰りの会のときはばたばたしているから、ぼうっとしている子はいない。だから、ものだまの影響を受けない」

　鳥羽が言う。

「それでも、やっぱりその教室では、ほかよりドッペルゲンガーを見る率が高くなるんじゃありません？　騒ぎになってもおかしくない気がしますわ」

　フクサがつぶやく。

「いや、そうともかぎらんぞ」

　タマじいが言った。

「どういうこと？」

わたしは訊いた。

「小さい子どもの感覚は、あやふやなものじゃからの」

「そうだね。クラスには、自分と同じような子がたくさんいる。小さい子は服や髪型にそんなに関心がないだろうし、ドッペルゲンガーがいても、自分とそっくりだと気づかないのかもしれない」

鳥羽が言った。

「それに、そもそもおさない子は、現実とそうでないものの区別があいまいじゃからのう。大人が見たらありえないことが起こっても、そんなもんか、と受け入れてしまうし、親に『それは夢だよ』と言われれば、そんなもんか、と思ってしまう……」

タマじいに言われ、たしかに小さいころはそうだったかも、と思った。

「ドッペルゲンガーを見ていても、気づいてないか、たいしたことと思わず、忘れてしまっているってこと？」

「そう。高学年だって、わたしたちが訊いてまわるまでは、忘れちゃってる子も多かった。情報が増えたのは、『ドッペルゲンガー騒動』がみんなに広まってからだよ。そういうのがあるんだ、と思うと、みんな敏感になる」

「じゃあ、鳥羽が『七ふしぎ新聞』とか言って、学校内に『ドッペルゲンガー』のことを広めたのは、そのため？」

「まあね。見たのが自分だけだと思ってるうちは、『錯覚に決まってる』『こんなことを言ったらバカにされるかも』と思って、人にしゃべらない。だけど、みんなも見てる、と思うと、言いやすくなる」

そうだったのか。単に新聞記者へのあこがれだけじゃなかったんだ。

「でも……」

フクサの声がした。

「荒ぶってるものだまの持ち主は、どうなんでしょう？　その子は学校の行き帰り、ずっとそのランドセルを背負っていることになりますわよね？　とすると、影響を受けている時間がかなり長いことになりますわ」

「そうだね。学校の行き帰りって、ぼんやりすることも多いと思うし……。その子はしょっちゅうドッペルゲンガーを見てるかも」

わたしは言った。

「そうなんですの。いくらなんでもしょっちゅう見ていれば、気になって、まわりの人に話すんじゃないでしょうか」

「たしかにその通りだね」

鳥羽は携帯を開いて時間を見た。

「四時前か。学童の子はまだ、ほとんど児童館にいるよね。いまから行ってみよう」

「また行くのか？　この暑いのに？　もう少し涼んでからでも……」

水のなかのタマじいが不満そうな顔になる。

「しかたないでしょ？　五時になったら、みんな帰っちゃう。四時帰り、四時半帰りの子もいるし。早く行かないと」

鳥羽が立ちあがる。

「それに、みんなに話を訊くには時間もかかりますしね」

フクサも言った。水からタマじいを出し、ハンカチで拭いた。

「はああ、あの暑さは年寄りにはこたえるんじゃが……」

タマじいがぼやいた。こたえるって、石なのに？

「まあ、これも仕事じゃからな。できる男はつらいのう」

タマじいをぎゅっとポシェットにつっこんだ。

5　児童館

いったん、ランドセルを置きに家に帰った。

ランドセルはもちろん、自分も行きたい、とすねた。けど、うちの学校は学童保育以外の子が児童館に行くときは、家にランドセルを置いてから、という決まりなのだ。ランドセルを背負っていったらしかられてしまう。なんとかなだめて、家を出た。

鳥羽と待ち合わせをして、児童館にはいる。

なかは、予想通り大騒ぎだった。みんな、いろんな部屋に散らばっている。ホールでボール遊びをしている子、本棚のある部屋で本を読んでいる子、学童の先生といっしょにぬり絵をしている子。

だが、鳥羽がそっくりさんを見たことがないか訊くと、意外にも反応があった。

「知ってるよー。どっぺるなんとかでしょ？　お兄ちゃんが言ってた」

「ああ、あれね。おれ、見たよ」

「わたしも」

「見ると死ぬんだって」

「嘘だー」

わたしたちのまわりに、小さな子がどんどん集まってくる。

「嘘だよね？　死なないよね？　わたしのお姉ちゃんも見たって言ってた。お姉ちゃん、死なないよね？」

心配そうな顔で、女の子が訊いてくる。

「死なないよ。わたしも何度か見たけど、ぴんぴんしてるもの」

わたしが言うと、ほっとしたような顔になった。

見たことがある、と言う子はたくさんいたけど、どこで、とか、いつ、とか訊かれると、はっきりしない。ほかの子につられて言っているだけかもしれない。

「わたし、ここで見たよ」

ひとりの女の子がぽつん、と言った。

「ここ？　この児童館で？」

「うん。向こうの部屋で」

「向こうの部屋って？」

鳥羽が訊く。

「ランドセルを置く部屋」

ランドセルのある部屋……。ランドセルか、ランドセルにかかわるもの、というのは正解かもしれない。

「わたしね、教室で見たよ」

うしろにいた女の子が言った。

「教室で？　ええと、何年何組？」

「一年二組」

「どんなときに見たの？　授業中？　休み時間？」

「うーんと、授業中。先生が教科書読んでるとき。教室のなかを歩きまわってる子がいて……」

その子はちょっと黙った。

「授業中なのに？」

ほかの子が言う。

「うん。わたしと同じ服だったの。あれ、って思って……、そしたらその子がふりむいて、わたしと同じ顔だったの」

「ええーっ」

　ほかの子が声をあげる。

「そのとき先生に呼ばれて……。そしたら、その子はいなくなってた。それで、家に帰ってお姉ちゃんにその話をしたの。そしたら、それ、どっぺるなんとかだよ、って言われて」

「イズミちゃん、だよね？」

　鳥羽が胸の名札を見ながら訊くと、その子はうなずいた。

「イズミちゃんの席はどこなの？　前の方？　うしろの方？」

「うしろだよ。いちばんうしろ」

　鳥羽がわたしを見る。いちばんうしろ。やっぱりだ。ランドセル置き場は教室のいちばんうしろ。犯人がランドセルにくっついているか、なかにあるものだとしたら、うしろの席の子の方が影響を受けやすいはずだ。

「わたしも見たよ」

　少し離れた場所にいた女の子が言った。名札には「ゆいな」と書かれている。

「あなたは何組？」

「一年二組」

ユイナちゃんが答えた。また一年二組だ。

「いつ見たの？」

「中休み。みんな外に遊びにいっちゃって……」

「ひとりだったの？」

「うん。ひとりだった」

「教室のどこで見たの？」

「えーと、うしろの棚の近く。メダカを見てたの」

「クラスで飼ってるの？」

「うん。そしたら、となりに、女の子がいたの。わたしとおんなじ服でね、だれだろ、って思って見たら、わたしとおんなじ顔だったの」

「うしろの棚の近くだったんだね？」

鳥羽が確認する。

「そう。で、そのとき、カナちゃんが来て、もう、その子はいなくなってた」

ユイナちゃんは言った。ものだまの持ち主は一年二組の子ってことだろうか。

「ほかのクラスの子は？　一年二組じゃない子で、教室でそっくりさんを見た子、いるかな？」

　みんな、ふるふると首を横に振った。

「じゃあさ、ほかに、このなかに一年二組の子っている？」

　鳥羽が訊くと、何人かが手をあげた。

「自分のそっくりさんを何回も見た、って子、いるかな？」

　鳥羽がもう一度訊いた。

「何回も、って、何回から？」

「教室じゃなくてもいい？」

「何回かわからないけど、見ました」

「おれなんか、三回見たよ」

　みんながいっせいにしゃべりだす。

「じゃあ、この一週間くらい、毎日見てる、って人、いる？　教室じゃなくてもいいよ。学校の行き帰りとか」

「毎日？」

「毎日は見てないよね」

　みんな、顔を見合わせる。

　どうやら、毎日のように見ている子はいないらしい。

持ち主はこのなかにはいない、ってことかな。学童の子で一年二組、ってところまでは、まちがいなさそうだけど。

「二組の学童の子で、今日ここに来てない子っている？」

鳥羽が、みんなの顔を見まわした。

「今日来てない子？」

「いる？」

「わかんない」

「えーと、アカリちゃんがいないよ」

さっきのイズミちゃんという女の子が言った。

「そうだね。学校は来てたけど」

イズミちゃんといっしょにいた子が答える。

「アカリちゃん？　どんな子？」

「うーんと、髪の毛が長くて、ふたつ結びにしてて……」

イズミちゃんが考えながら言う。

「仲、いいの？」

「ううん。あんまり遊んだことない」

イズミちゃんが言った。

「ほかの子は？　アカリちゃんと仲いい子、いない？」

「よくわかんない」

二組の子たちは、顔を見合わせた。

「じゃあさ、アカリちゃんは、自分のそっくりさんの話、してた？　だれか聞いたことある？」

鳥羽が訊く。

「ないよ」

「アカリちゃん、いつもしゃべらないの」

「しずかなんだ」

二組の子たちの話では、アカリちゃんの家はわたしと同じ二丁目方面だが、帰りは駅方向にあるおばあちゃんの家に行くことが多いらしい。

学童では途中まで集団で下校する。その日どちらに帰るかは連絡帳に書いてあるそうで、イズミちゃんによると、アカリちゃんは、たまに二丁目方面のグループにはいることもあるが、ほとんどは駅方向だそうだ。

「家がどこか知ってる？」

鳥羽が訊いた。どちらの家もすぐ近くまでいっしょに帰る子がいたので、場所はすぐにわかった。アカリちゃんの家は、二丁目公園の向かい側。おばあちゃんの家は、商店街のはずれにあるファミレスのとなりらしかった。

児童館を出るとき、学童の先生にもアカリちゃんのことを訊いてみた。どうやらアカリちゃんは、家の都合で毎週火曜日は来ないらしい。おとなしい子で、ひとりで本を読んだり絵を描いたりしていることが多いと言っていた。

「どう思う？」

児童館を出て、鳥羽に訊いた。

「学童に行ってて一年二組、まではまちがいなさそうだよね。やっぱり、アカリちゃんって子の持ちものかなあ。登下校の道もドッペルゲンガーの出没地図と一致してるし、その子だとしたら筋は通るけど……」

鳥羽が首をひねる。

「でも、ほかの子にドッペルゲンガーの話をしてないっていうのが、ちょっと気になる。もしその子の持ちものについてるものだまだとしたら、しょっちゅう見てるはずなんだけど」

「おとなしい性格だからじゃない？　あまり人と話さない、ってみんな言ってたし、話してないだけかもしれない」

わたしは言った。

「本人に会ってみないとわからないね。ま、とりあえず、明日、中休みに一年二組に行ってみようか」

鳥羽がにこっと笑った。

6　これが犯人？

水曜日、中休みに一年二組の教室に行った。みんな、外で遊ぼうと教室をとびだしていくところだ。

「あ、きのうのおねえちゃん」

児童館で会ったイズミちゃんが、わたしたちを見つけ、近寄ってきた。

「アカリちゃん、教室にいるかな？」

「ええと、ちょっと待って」

イズミちゃんが入り口のところにもどり、教室のなかを見まわす。

「いなかったよ」

もどってきたイズミちゃんが言った。

「きっと校庭だよ。捜してあげる」

イズミちゃんはわたしの手を取った。

「あ、ありがとう」

イズミちゃんに引っぱられ、昇降口に出た。靴箱の場所がちがうので、いったん別れて、また低学年の靴箱のところにもどった。

「アカリちゃん、どこかなあ」

イズミちゃんが校庭を見回す。

「イズミちゃん、早くおいでよ。みんな縄跳びしてるよ」

遠くから、ほかの一年生が話しかけてくる。

「アカリちゃん、いる？」

イズミちゃんが聞きかえした。

「アカリちゃん？　いないよ」

「さっき鉄棒の方にいたよ」

声が返ってきた。

「鉄棒だって」

イズミちゃんに言われ、うなずく。三人で校庭の隅にある鉄棒の方に向かった。

「いないなあ」

鉄棒のまわりをきょろきょろ見まわし、イズミちゃんが言った。鉄棒では何人か遊んでいたけど、みんな、一年生よりは身体が大きい。

少し離れたベンチに、小さい女の子がすわっているのが見えた。

「もしかして、あの子？」

イズミちゃんに訊く。

「あ？　そう、そうだよ。あの子」

イズミちゃんが言った。

「じゃあ、わたし、縄跳びに行くね」

「いいよ。ありがと」

鳥羽が言うより早く、イズミちゃんは縄跳びをしている子たちの方に走りだしていった。

アカリちゃんは、ベンチにひとりでぽつんとすわっていた。

「あの、アカリちゃん？」

近寄って話しかけた。アカリちゃんはびっくりしたようにこっちを見る。

「ちょっと、アカリちゃんに訊きたいことがあるんだけど」

鳥羽が言った。アカリちゃんはますます目を丸くして、なにも言わずに鳥羽の顔をじっと見た。

「わたしは桜井鳥羽(さくらい)。わたしたち、いま『七ふしぎ新聞』っていうのを作ってるの。この学校で起こる、ふしぎなできごとを集めた新聞なんだ。でね、いまこの学校で、自分のそっくりさんを見る事件がたくさん起こっているんだけど、知ってるかな？」

アカリちゃんは目を丸くしたまま、なにも答えない。

「教室とか、学校に来る途中とか、見たことないかな？　自分にそっくりな人。それか、そういう話をどこかで聞いた、とか……」

鳥羽は一生懸命説明するが、アカリちゃんはかたまったままだ。

「ちょっと、鳥羽……」

わたしは鳥羽を止めた。

「あのね、アカリちゃん」

わたしは少しかがんで、アカリちゃんと同じ高さから、まっすぐアカリちゃんを見た。わたしが小さいころ、むずかしいことを説明するときにはお母さんはいつもこうしていた。

「アカリちゃん、自分とそっくりな人を見たことない？」

アカリちゃんが、不安そうな顔になる。

「知らない」

しばらく黙ったあと、そう言ってふいっと立ちあがり、走っていった。

「ああっ、ちょっ、ちょっと待って……」

呼びとめようとしたが、アカリちゃんの姿は、もう小さくなっていた。

「な、なんで？　わたし、変なこと言ったかな？」

こわかったんだろうか？　不安になって、鳥羽に訊いた。

「いや、七子がこわかった、とかじゃないと思うよ」

鳥羽が言った。

「あの子、思いあたることがあるんじゃないかな」

「思いあたることって？」

「あの子はドッペルゲンガーのことを知ってる。見たこともある。けど、人に言いたくない」

「どうしてだろ？」

「わからないなあ」

鳥羽が首をひねった。

「捜査は進んでる？」

どこからか声がして、見ると律くんがいた。

「まあね」

鳥羽は、ぷいっと横を向く。この前のこと、まだ怒っているみたいだ。

「律は探偵団じゃないんでしょ？　だったら、関係ないじゃない」

「まあまあ、鳥羽……」

横を向いたままの鳥羽をなだめる。

「別に、ぼくは関心ないけどさ。でも、知恵は貸したじゃないか」

不満そうな声だ。

「ものだまの持ち主かな、って子は、なんとなくわかったんだけど」

わたしは言った。

「へえ、わかったんだ」

律くんが、意外だな、という表情になる。

「あたりまえでしょ？　こっちは長年ものだま探偵やってんだから」

鳥羽は、口をとがらせた。

「で、だれなの？」

律くんがわたしに訊いてきた。

「七子、教えなくていいよ」

鳥羽が、むすっと言う。

「いいじゃないか、教えてくれても。捜査方法はぼくも考えたんだからさ」

そういえば、あのときも校庭で偶然会ったんだっけ。でも、休み時間の、人の多い校庭で偶然会うことなんて、これまでそんなになかったのに。

もしかして……、律くん、ほんとは仲間にはいりたいのかな？

放課後、律くんが塾通いでいそがしいのもほんとのことで……。それに、わたしたちといっしょに行動してたら、ほかの男子にからかわれるかもしれない。

「一年二組の女の子。アカリちゃんっていうの」

わたしが答えると、鳥羽は、ちっ、と舌打ちして、ため息をついた。

「もしかして、さっき、きみたちが話してた子？　茂みの前のベンチで」

「うん。見てたんだ？」

「あ、まあ、たまたまね」

律くんが目をそらした。やっぱりだ。律くん、わたしたちのこと、見てたんだ。

わたしは、これまでのいきさつを話した。通学路で聞きこみをした結果、先生ではないとはっきりしたこと。児童館でわかったこと。さっきのアカリちゃんとの会話。

「それで、ものだまが宿っているのは、アカリちゃんのランドセルか、ランドセルにはいっているか、つけているものの可能性が高い、ってことになったんだけど……」

「なるほどね。少し強引なところもあるけど、まあ、いいんじゃないかな」

律くんは、あいかわらずの上から目線だ。

「で、これからどうするの？」

「えっ、それはまだ……」

鳥羽の方をちらっと見る。地面の砂を足でじゃりじゃりしている。律くんと話す気はないらしい。

そのとき、チャイムが鳴った。校庭で遊んでいた子たちが、走って校舎にもどりはじめた。

「アカリちゃんには逃げられちゃったんだよな？　だとしたら、まずはランドセルの方を調べるか」

律くんが言う。

「ランドセルを？」

「そうだよ。持ち主はともかく、ものだまがついてるのは、ランドセルかその付属物なんだろ？」

「そうだけど。でも、どうやって？」

「アカリちゃんって子は、火曜以外は学童に行くんだろ？」

「うん。先生は、アカリちゃんは火曜日以外は来てる、って言ってたけど」

「じゃあ、今日は行く可能性が高いわけだ」

「うん」

「つまり、その子が児童館にいるあいだ、ランドセルは、その子の荷物置き場に置いてあるはずだ」

「そう、だね。あ、そういえば、ランドセル置き場のある部屋でドッペルゲンガーを見た、って子もいたっけ」

「なるほど。ますます可能性が高いね」

律くんが考えこむような顔になる。

「じゃあ、今日、学校のあと、児童館に行ってみないか？　今日は五時間授業だから、ぼくも塾まで少し時間があるし、いっしょに行ける」

律くんが、にやっと笑いながら言う。

鳥羽の方をちらっと見たが、知らんぷりだ。でも、ダメとも言わない。

ってことは、いっしょに行ってＯＫ、ってことかな？

よかった……かはわからないが、あとで児童館の前で待ちあわせることにした。

放課後、ランドセルを置いて児童館の前へ。少し待っていると、鳥羽と律くんがやってきた。律くんはそのまま塾に行けるように、塾用のリュックを背負っている。

「なんか、なつかしいなあ」

律くんがぼそっとつぶやく。そうか、鳥羽も律くんも、一、二年生のころはここに来てたのか。

「あのころは、けっこう楽しかったな」

いつもとちがう、子どもっぽい顔になった。

「でも、律、あんまりみんなと遊ばなかったよね。ずっと本のある部屋にいて、本ばっかり読んでたじゃない」

鳥羽があきれたように言う。

「ここにある本を全部読むって決めてたからね」

「そうなの?」

わたしは、驚いて訊いた。

「うん。マンガもあるし。週に五日来るとして、ここに来られるのは二年生までだろ?　夏休みとかは、一日いるから二、三冊は読める。でも、放課後しかいないときは一冊が限界。おやつだのなんだので中断されるからね。だから毎日、来たらできるだけすぐに、本を読みはじめなくちゃいけなかったんだ」

律くんって……。

律くんはむかしから、律くんだったんだ。

感心するような、あきれるような。

たしかに頭がいいし、成績もいい。だけどどっか、ふつうの小学生の感覚からずれてる。まあ、ずれているのは、鳥羽も変わらないんだけど。

「いま思えば、たいした本、ないのにな。なんで、あんなにがんばってたんだろ」

律くんが、ははっと笑う。

「で、全部読んだの？」

「うん。読んだよ。こりゃあ、途中で全部読み終わっちゃうかもなあ、って思ったけど、ときどきあたらしい本がはいってくるんだよね。最後の方はちょっとあせったんだ。このままじゃ、終わらないかも、って。けど、意地で全部読んだよ」

「まったく律は……。ホールでボール遊びするときもぜんぜん来ないし、最後の方は、おやつの時間にも来なかったよね」

鳥羽が笑った。

「しかたないじゃないか。ぼくはおやつとか、まったく興味ないし」

「ま、それはそれとして」

鳥羽が真顔にもどる。

「そう。アカリちゃんのランドセルだね」

律くんがうなずいた。

このふたり、仲がいいのか悪いのか。よくわからないなあ。

「さて、ランドセル置き場は、と……」

律くんは慣れた感じで、いちばん入り口に近い部屋にはいっていった。

この前はいらなかった小さめの部屋の壁に棚があり、みんなランドセルを自分の棚に置くことになっているらしい。

「アカリ、アカリ……」

つぶやきながら、ランドセル置き場を端から見ていく。

「あれ？　お姉ちゃんたち、また来たの？」

きのう話した子のひとりが、ふしぎそうにわたしたちを見た。

「うん、ちょっとね」

鳥羽が笑ってごまかす。アカリちゃんのランドセルがどれかは訊かない。本人に伝わったら困る、と思ってるのかもしれない。

「また、そっくりさんのこと、訊きにきたの？」

「今日はアカリちゃん、いるよ。呼んでくる？」

　みんな口々に言う。

「ううん、いいんだ。実はね、わたしたちも一、二年のころは学童に来てて、きのうここに来たら、なんかなつかしくなっちゃって」

　鳥羽は笑った。

「そうなの？　じゃあ、『天下』知ってる？」

「もちろん」

　鳥羽が得意そうに言う。

「『なんでもバスケット』は？」

「知ってる、知ってる」

「じゃあ、遊ぼう」

　わたしの知らない遊びのことで、なんだかもりあがっている。

「桐生（きりゅう）さん」

　律くんの声がした。見ると、こっちに来て、と手まねきをしている。一年生の相手は鳥羽にまかせ、律くんのところに行った。

「これだと思う」

見ると、棚に「あんどう・あかり」と書かれている。ほかに「あかり」という名前はない。律くんの顔を見て、うなずいた。

水色のランドセルだ。縁はピンク色。

律くんがスマホを出し、カメラを起動した。まわりにはだれもいない。小さい子たちはみんな、鳥羽のまわりに集まっている。

「写真、撮るよ」

律くんが言った。わたしはさりげなくほかの子たちとのあいだに立って、律くんを隠した。律くんがランドセルを少し引っぱる。横からなにかがコロンと落ちた。あ、と思ったが、それは途中で止まった。どうやらランドセルとつながっているらしい。

ストラップ？

「きれい」

きらきらしていて、大人の女の人が持つアクセサリーみたいだった。色とりどりのビーズが長くつながっていて、真ん中へんにひとつ、大きな銀色のパーツがはいっている。丸くて、ふしぎな模様が刻まれていた。

一年生の子のものにしては大人っぽいが、本物って感じがする。子どもだって、ほんとは本物の方が好きなんだ。

「見ろよ」

律くんが、ストラップを引っくり返して言った。

「これ、鏡だよ」

「え？」

銀色のパーツの裏側に、小さな鏡がはまっていた。

「ほんとだ。鏡ってことは……？」

これが荒ぶってるものだま？

「うん。可能性は高いな」

律くんは、パシャッと写真を撮った。

「ずいぶんにぎやかね」

そのとき、先生の声がした。

「あら、桜井（さくらい）さん。きのうも来てたみたいだけど、どうしたの？」

小さい子にかこまれた鳥羽を見つけ、声をかけている。

「あ、いえ……。ちょっと、なつかしくなって……」

　鳥羽が、ははは、と笑った。

「そうなの。元気そうでよかったわ。あ、みんなはもうすぐおやつの時間よ。おやつの部屋に行って」

「はーい」

　子どもたちは、ぱあっと走っていった。

「あら？　もしかして藤沢(ふじさわ)くん？」

　先生がこっちを向く。律くんを見て、目を丸くした。

「はい」

　律くんがおじぎする。

「ずいぶんひさしぶりね。うわあ、大きくなったわねえ、だれだか、わからなかったわ。いまはどうしてるの？」

「塾がいそがしくて」

「受験するの？」

「はい」

「そうか。藤沢くんは、あのころから勉強好きだったもんねえ」

先生がうなずいた。

「ええと、あなたは？」

わたしの顔を見た。

「あ、わたしは、四月に転校してきたんです。桐生七子です。今日は……」

言葉につまる。

「今日は、ちょっと七子を案内してたんです」

鳥羽が言った。

「案内？」

先生が首をかしげる。

「桐生さん、まだ児童館に来たことがない、って言うから……」

律くんが言った。

「そうなの。高学年の子も遊びにきていいのよ。いつでもいらっしゃいね」

先生がにこっと笑った。

「あの、じゃあ、ぼくたち、そろそろ失礼します」

律くんが言うと、鳥羽もぺこっと頭をさげた。

「とりあえず、アカリちゃんのランドセルと、横にくっついていたストラップの写真は撮ってきた」

児童館を出てから、律くんが言った。

「ストラップ?」

「ああ、これだよ」

律くんがスマホの画面を呼びだした。

「これ、鏡?」

写真を順に見て、鳥羽が顔をあげた。

「そう。アクセサリーみたいな感じだけど、真ん中のパーツに鏡がはいってる」

「鏡か……。とすると、これが犯人で決まりかな」

鳥羽が言った。

「一年二組で、行き帰りで道筋がちがう。状況証拠ばかりだけど、ほかに合致する子はいないみたいだし、ものだまがついてるのは、アカリちゃんの持ちものでまちがいないだろう。さらに、ランドセルについていたのが鏡のアクセサリー。これが犯人である可能性はかなり高い、と」

律くんがつぶやく。状況証拠……。刑事さんみたいだ。ああ、でも、そうか、律くんのご両親は弁護士さんなんだっけ。

「結局、フクサの勘があたりだった、ってことか」

鳥羽がポケットからフクサを出す。

「そうですわね」

フクサが得意そうに目を細めた。

「問題は、なぜこのストラップが荒ぶってしまったのか、だね」

鳥羽に言われ、うなずいた。

「まずは、明日もう一度、アカリちゃんと話してみよう」

鳥羽が言った。

7　ごっこ遊び

次の日の中休み、一年二組に行ってみたが、アカリちゃんはいなかった。

「あ、お姉さん」

うしろから聞き覚えのある声がして、ふりかえるとイズミちゃんがいた。

「だれ？」

もうひとりの子が首をかしげ、イズミちゃんに訊いた。

「この前、学童で会ったの」

イズミちゃんがその子に説明する。

「アカリちゃんのことで、訊きたいことがあるんだけど」

鳥羽がイズミちゃんに言った。

「アカリちゃん？　アカリちゃん、知ってるの？」

もうひとりの子がとびはねながら言う。

「うん、ちょっとね」

　鳥羽が言う。

「わたしね、同じ保育園だったんだよ」

「アカリちゃんと？」

「うん」

　その子がうなずく。

「じゃあさ、アカリちゃんのランドセルに、きれいなストラップがついてるの、知ってる？」

「うん、知ってるよ」

　その子が答えた。

「サクラちゃん、知ってるんだ」

　となりでイズミちゃんが言った。

「鏡がついてるきれいな飾りでしょ？　アカリちゃん、保育園のときもいつも持ってて、よくフミカちゃんと遊んでたんだよ」

「フミカちゃん？」

　わたしは訊いた。

「アカリちゃんと仲良かった子」

「その子も坂木（さかき）小学校にいるの？」

「ううん、いない」

サクラちゃんが首を横に振る。

「どこの小学校か知ってる？」

「わかんない」

保育園はいっしょでも小学校は別の学区だったのか、私立に行ったのか。もしかしたら引っ越したのかもしれない。

「アカリちゃんとフミカちゃん、いつもいっしょに遊んでたんだよ。あのストラップで、魔法ごっこしてた」

「魔法ごっこ？」

鳥羽が訊く。

「魔法使いとか、お姫さまとか……」

「あのストラップは、魔法の道具だったのかな？」

わたしは訊いた。

「そう！」

サクラちゃんがうれしそうに答えた。

「いろんなことができるんだって。ケガをなおしたり、花を咲かせたり……。それでね、フミカちゃんがお姫さまで、アカリちゃんは魔法使いなの」

だんだん思いだしてきたらしい。

「おもしろそうだから、わたしも入れてほしかったんだ。でも、言えなくて……」

サクラちゃんがため息をつく。

「あのストラップとおんなじのがほしいって、お母さんに言ったのに、買ってくれなかった。いつもそうなんだよ、高いから、とか、サクラにはまだ早いから、とか言って。アカリちゃんは持ってるのに」

サクラちゃんがふくれて言った。

「あ、アカリちゃん、帰ってきたよ」

イズミちゃんが言って、廊下の向こうを指さした。アカリちゃんが、こっちに歩いてくる。

「アカリちゃん」

イズミちゃんが呼ぶ。アカリちゃんはこちらを見ると、すぐにくるっとうしろを向いて、走っていってしまった。

「逃げられちゃったね」

鳥羽が腕組みした。


放課後、またしても児童館に行った。部屋やホールをのぞいても、アカリちゃんの姿はない。ランドセルはあるから来ているはずなのに、と捜していると、庭の隅の方をぽつんとひとりで歩いているのが見えた。鳥羽が近づいて、話しかける。

「あ、あのさ、アカリちゃん、だよね？」

アカリちゃんはちらっとこっちを見て、走りだそうとした。

「ちょ、ちょっと待って」

鳥羽が追いかけようとする。

「鳥羽、待って」

わたしは鳥羽の手首を握った。

「なに？」

鳥羽が足を止める。

「アカリちゃん、あのね、今日はそっくりさんのことじゃなくて」

できるだけやさしい声で話しかけると、アカリちゃんが立ち止まって、ちらっとこっちを見た。

「あのね、今日は魔法ごっこのことを訊きたかったの」

「……魔法のこと……?」

アカリちゃんが動かないので、少し近寄って、前にしゃがんだ。

「うん。サクラちゃんから聞いたの。アカリちゃん、サクラちゃんと同じ保育園だったんでしょ?」

アカリちゃんの目をじっと見る。

「あ、う、うん」

アカリちゃんは目をそらし、こくんとうなずいた。

「サクラちゃん、言ってたよ。アカリちゃん、よくフミカちゃんとふたりで遊んでた、って」

フミカちゃん、という名前のところで、アカリちゃんは、はっとしたように顔をあげた。

「仲良しだったんだよね?」

アカリちゃんはまた、こくんとうなずく。そのままうつむいて、じっと黙っている。

「でも……」

　小さく、アカリちゃんの声がした。

「でも？」

「フミカちゃんは、お引っ越ししちゃった」

「そうなの？」

　アカリちゃんはうつむいたまま、うなずいた。

「じゃあ、さびしかったね」

　アカリちゃんはもう一度うなずき、顔をあげた。

「フミカちゃんに会いたい」

「会えないの？」

「フミカちゃんのおうちはすごく遠くて、お泊まりしなくちゃ行けないんだって。学校があるから、行けないんだって」

　ぷん、と口をとがらせる。

「でもアカリちゃん、学校のお友だちもいるでしょ？」

　そう訊くと、アカリちゃんはぶるぶると首を横に振った。

「みんな、フミカちゃんとはちがうもん。それに、学校の遊びは、鬼ごっことかばっかりで……」

「そっか。フミカちゃんとはよく魔法ごっこをしてたんだよね？」

「そう。フミカちゃんがお姫さまで、わたしは魔法使い。鏡の魔法を使うの」

「鏡の魔法？」

「うん。わたしのストラップ」

「ストラップに鏡がついてるの？」

「そう！　魔法の鏡なんだよ」

　アカリちゃんはうれしそうな顔になった。

「ほんとはお母さんのなんだけど、くれたんだ。フミカちゃんも、すごいね、きれいだね、って言って」

「それで遊んでたんだ。ねえ、魔法ってどうやるの？　教えて」

「やだ」

　アカリちゃんがもう一度、首を横に振る。

「どうして？」

「だって、フミカちゃん、いないもん……」

　アカリちゃんはまた暗い顔になり、下を向いてしまった。

　ふたりでお話を考えながら遊んでいたんだろうけど、もしかしたら、フミカちゃんの方がお話を考えるのがうまくて、アカリちゃんはそれについていくタイプだったのかもしれない。

鳥羽とわたしみたいに。

この町に越してきて、はじめに仲良くなったのは鳥羽だった。ものだまのことを教えてくれたのも。わたしも、ものだまの声を聞く力を持っていたけど、鳥羽がいろいろ教えてくれなかったら、ただこわがっていただけだっただろう。

ものだま探偵になったのも、鳥羽に誘われたから。鳥羽のやり方を真似て、少しは探偵っぽくなってきた気がしてるけど、鳥羽がいなかったら、いまだって、きっとなにもできない。

あれ、そういえば、鳥羽はどこに行ったんだ？　さっきまでちょっと離れた場所にいたのに、いつのまにかどこにもいない。

「……魔法のお城、楽しかった」

アカリちゃんが、ぼそっと言った。

「魔法のお城？　それって、ごっこのなかのお城？」

「ううん、ほんとにあるの」

「どこに？」

「公園」

「このへんの?」

「ちがうよ。バスに乗ってくの」

「バスで行ったの?」

「すごいんだよ。ほんとに魔法のお城なの」

アカリちゃんは楽しそうに言う。

「ぐにゃぐにゃのタコみたいな形でね、なかにお部屋もあるの。すべり台みたいなのもついてて……」

アカリちゃんは大きく身振り手振りをつけた。

魔法のお城?　タコみたいな形?　なんのことかよくわからないけど、アカリちゃんが楽しそうなので、なんだか少しうれしくなって、うんうん、とうなずいた。

「フミカちゃんと、何回も行ったんだ」

「楽しそうだね。わたしも魔法ごっこ、いっしょにやりたいなあ」

「いいけど……。お姫さまはフミカちゃんで、魔法使いはわたし。だから、そのふたつはだめだよ」

「そうだなあ……。じゃあ、お姫さまの家庭教師」

「え――――っ！　そんなの、いらない。お姫さまはえらいんだよ。なんでも知ってて、大人よりすごい、天才なの。勉強なんてしないんだよ」

アカリちゃんは大きく首を横に振った。

「そっか。じゃあ、どうしようかな。うーん、そしたら、魔法使いの弟子は？」

「弟子？」

じっとこっちを見る。

「勉強中、ってこと」

「それなら、いいよ、弟子でも」

ふふっと笑った。

「あーあ、フミカちゃんと会いたいなあ」

アカリちゃんが空を見る。

「フミカちゃんとまた遊びたかったの。だから……」

アカリちゃんが、ぼそっと言った。

「だから？」

そっと訊き返す。

「なんでもない」

アカリちゃんが、ぐっと黙った。

「なんかあったの？」

「うん。でも……」

アカリちゃんが口ごもる。わたしも、じっと黙っていた。

「だれにも言わない？」

しばらくして、アカリちゃんが口を開いた。

「言わないよ」

「嘘だ、って言わない？」

「言わないよ」

にこっと笑って、アカリちゃんを見る。

「あのね……」

アカリちゃんはそこまで言って言葉を止め、深呼吸した。

「魔法の鏡に、お願いしたの。フミカちゃんに会わせて、って。そしたら……」

アカリちゃんがこっちを見た。真剣な顔だった。

もしかして……？

「そしたら、目の前に、アカリがいたの。そして、おいでって手を振ったの」

そうか、そういうことだったのか。

アカリちゃんは魔法の鏡にお願いをした。そしたら、もうひとりの自分があらわれた。だから、それを魔法だと思った。

「けど、すぐどっかに消えちゃった」

「見たのは、そのときだけ?」

「ううん。何回も見たよ」

「何回も?」

「うん。前はときどきだったけど、いまは毎日。何回も見るよ。学校に行くときも、帰るときも。あとについていったら、フミカちゃんに会えるのかなあ」

「え?」

「でも、すぐに消えちゃうの」

アカリちゃんがしょんぼりする。

「あら、アカリちゃん」

遠くから声がした。学童の先生だ。

「そんなところにいたの。もうおやつの時間よ。なかにいらっしゃい」

先生に言われ、アカリちゃんは児童館にはいっていった。

「どうだった？」

　どこからともなく鳥羽があらわれた。

「鳥羽。どこ行ってたの？」

「いや、なんか、わたしが近づくと、アカリちゃんが逃げちゃう気がして……」

　鳥羽が口ごもりながら言う。

「そんなことはないいんじゃない？」

　笑いながら答えたが、正直、そうかもしれない、とちょっと思った。アカリちゃんは人見知りで、次々にいろいろなことを質問されるのが苦手なのかもしれない。慣れてくれれば、よくしゃべるんだけど……。

「まあ、いいんだ。だから、七子（ななこ）にまかせようと思って」

　鳥羽が苦笑いした。

「で、なんかわかった？」

「うん。やっぱりアカリちゃんは、毎日そっくりさんを見てたみたい」

「え、ほんと？　じゃあ、どうしてわたしたちが訊いたとき、そのことを言わなかったんだろう？」

「それはね、アカリちゃんは、自分のそっくりさんは、鏡の魔法で呼びだしたものだと思ってるからだと思う」

「魔法で呼びだした？」

「うん。アカリちゃんは、幼稚園のころ、仲良しのフミカちゃんと魔法ごっこをして遊んでたの。フミカちゃんはお姫さま、アカリちゃんは魔法使いで、あのストラップの鏡が、魔法の道具だったらしいのね」

「ずいぶんとファンタジー要素満載のごっこ遊びですわね」

フクサが感心したように言う。

「アカリちゃんは空想好きみたい。そのごっこ遊びで、アカリちゃんとフミカちゃんにしょっちゅう話しかけられてたから、鏡にものだまが宿ったんじゃないかな」

「なるほどね」

「でも、フミカちゃんはどこかへ引っ越して、別の小学校に行ってしまった。引っ越し先が遠いから、会いにいくこともできない。そういう遊びがいっしょにできたのは、フミカちゃんだけだったから、小学校でも友だちができない。それで、アカリちゃんは、魔法の鏡にお願いしたらしいの。フミカちゃんと会わせて、って」

「そしたら、そっくりさんが出てきた？」

「うん。それで、こっちにおいで、って手まねきしたんだって。だから、もうひとりの自分がフミカちゃんのところへ連れていってくれると思ったみたい」

「なるほど」

　鳥羽がうなずく。

「アカリちゃんは、もともとあまり友だちがいないでしょ？　だから、まわりでドッペルゲンガー騒動が起こってることに気づいてなかったんだと思う。そして、自分の前にひんぱんにそっくりさんがあらわれても、自分が呼びだしたものだと思ってるから、人には話さなかったんだよ」

　わたしは言った。

「鏡のものだまが荒ぶったのと、アカリちゃんが願いをかけたのが、たまたま同じときだったのかな？　ううん、もしかしたら、鏡に願ったのは一度じゃなかったのかもしれないね。何度も何度も鏡にお願いするうちに、鏡が荒ぶってしまった……」

　鳥羽が腕組みする。

「アカリちゃんの願いを、かなえられないから？」

　わたしは訊いた。

「それより、アカリちゃんが遊んでくれなくなってしまったから、悲しくなったのかもしれませんわね」

　フクサが言った。

「そうじゃのう」

　タマじいがゆっくりと言った。

「そやつが生まれたのは、ほんの数年前。まだまだ子どものものだまじゃから」

「ものだまにも、大人と子どもがいるの？」

「まあ、人間とはちょっとちがうがの。たとえば、七子、おまえのランドセルについているものだま、あやつはまだ子どもじゃろ？」

「そうだね」

　たしかにランドセルは子どもだ。ランドセルと会話していると、弟と話しているような気持ちになる。わがままも言うし、なまいきなことも言う。ちょうど小学校低学年くらいの感じだ。

「それにくらべて、わしはどうじゃ。年齢を重ねたことで、深い洞察力を持ち、ものだま的魅力に満ちあふれておるじゃろ？」

　タマじいが、えらそうに言う。

「う、うん、そうだね」

さからっても無駄な気がして、うなずいた。

「もちろん、長く生きているだけでは、このいぶし銀の魅力は身につかない。ただぼんやりしているだけのものだまもおる。わしも、こう見えていろいろ苦労しておるからの」

そ、そうなんだ……。

「ものだまは、人間に話しかけられた言葉で変化する。生まれてからそれほど経っていなくても、いろいろな年齢の人からたくさん話しかけられれば、その分早く成長する。じゃが、その鏡のものだまに話しかけていたのは、園児ふたりだけじゃ。おそらく、ものだまの心も、幼児のままのはずじゃ」

そうなのか。ランドセルも、ほとんどわたしとしか話していないから、ああいう感じなのかもしれない。

その点、タマじいやフクサ、律くんのルークは、わたしたちより前に生まれて、いろんな人の手を渡ってきている。「いぶし銀の魅力」があるかどうかは別にして、わたしたちよりもの知りだし、ときどき深いことを言う。

「子どものものだまかあ」

「このままでは危険じゃな」

タマじいがしぶい顔になった。

「どうして？　子どものものだまなんでしょ？　そんなに悪いことは、しないんじゃ……？」

わたしはタマじいをじっと見た。

「いや、それはちがうぞ。幼児じゃから、かえって危険なんじゃ」

「どういうこと？」

「悲しいことがあると、小さい子どもはすごい勢いで泣くじゃろ？　それがちょっところんだ、とか、飴玉を取られた、くらいのことでも、世界が終わったみたいに大騒ぎする」

「そうだね」

「それと同じじゃよ。理屈が通じないし、まだ自分の心をおさえることができんのじゃ。しかも、人間の子どもには、なだめたりしかったりする大人がおるが、そやつにはだれもおらん。だから、ますます気持ちが荒ぶっていく」

「そうしたら、どうなるの？」

「放っておくと、怪異現象を引き起こす力もどんどん強くなってしまいますわ」

フクサが言った。

「わたくし、以前、そういうものだまを見たことがありますの。大人のものだまとちがって、力の加減を知らない。だから、荒ぶっているうちにどんどん力が強くなって、大変なことになってしまったんですの」

「大変なこと？」

「そのときの怪異現象は、まわりの人が居眠りをしてしまう、というもので……。そのうち居眠りどころか、そのものだまに近づいた人たちはみんなぐっすり眠りこんで、だれも目をさまさなくなってしまったんですの」

「それで、どうなったの？」

「その怪異現象を引き起こしていたのは、枕だったんですの。やはり子どもの使っていた枕で……。その子がしばらく入院して、枕と引きはなされてしまったのが原因だったんです。さいわい、鳥羽のように、ものだまの心をときほぐせる人がいたおかげで、枕はその子のもとに行くことができて、解決したんですの」

　フクサが言った。

「あのカガミ、いまのところ、そこまで力は強くないみたいだけど……」

　鳥羽がつぶやく。

——前はときどきだったけど、いまは毎日。何回も見るよ。学校に行くときも、帰るときも。

アカリちゃんの言葉が頭のなかによみがえった。

「でも、アカリちゃん、そっくりさんの見える回数が増えてる、って言ってたよ。いまは、毎日何回も見える、って」

「なんじゃと?」

「なんですって?」

タマじいとフクサが声をあげた。

「まずいね」

鳥羽がじっと考えこむ。

「うううむ」

タマじいがうなった。

「自然におさまる、ってことはないの?」

「そうだなあ。いつかおさまる、ってことはあると思うけど、それにはけっこう長くかかるんじゃないかな。たいていは、放置されると悪化する。それにいまは、むしろどんどんひどくなってるわけで……」

鳥羽が大きく息をつく。

どうしよう。早くしずめないと……。

「とにかく、明日もアカリちゃんを待ちぶせして、なんとかカガミと話をする時間を作ろう」

鳥羽が言った。

8　アカリちゃん

次の日、授業が終わるとすぐに、鳥羽と児童館に行った。

わたしたちは六時間授業だが、一年生は五時間だ。だから、アカリちゃんはもう学童に行っているはずだった。でも、一、二年生はたくさんいるが、アカリちゃんの姿はない。ランドセルもなかった。

「あの……」

鳥羽が通りかかった先生を呼びとめた。

「一年生のアカリちゃん、今日は来てないんですか?」

「それが、まだなの。今日は学童に来る日なのに。同じクラスの子はもうみんな来てるのよ」

「ほかの子は、なにか言ってなかったんですか?」

「みんな知らない、って。担任の先生にも訊いたけど、みんなといっしょに出たそうなの」

「おうちの用事ってことはないんですか？　連絡を忘れただけとか」

「ううん。お母さんに電話したら、やっぱり学童に行くはずだって。いまは会社にいらしてて……。ほんと、どこ行っちゃったのかしら」

先生は困った顔をしている。

「じゃあ、わたしたち、学校にもどって、校庭とか見てみます」

鳥羽が答える。

「ほんと？　助かるわ。お願い。いま、先生がひとり、捜しにいってるんだけど、まだ見つからないみたいで」

「見つけたら、ちゃんと学童に行くように言っときますね」

鳥羽は先生にそう言うと、学童の外に出た。

児童館を出るなり、鳥羽は早足で歩きだした。学校とは反対の方にずんずん歩いていく。

「鳥羽、ちょっと……」

わたしの声が聞こえないのか、ぜんぜんふりむかない。

「鳥羽！」

近くまで行って、大声で名前を呼んだ。

「あ、ごめん」

鳥羽が前を見たまま言う。歩くスピードはそのままだ。

「学校行くんじゃなかったの？」

「アカリちゃんがいるのは、おそらく学校じゃない」

真剣な顔で言う。

「どういうこと？」

わたしが訊くと、鳥羽は大きく息をついた。

「この前、アカリちゃん、言ってたんだよね？　もうひとりの自分が手まねきした、って。フミカちゃんのところに連れていってくれると思った、って」

「う、うん」

「そっくりさんを毎日何度も見る、とも言ってたんでしょ？　もしかしたら、見えてる時間ものびてるのかもしれない。だとすると……」

「まさか、アカリちゃんはそれを追いかけて、遠くまで……？」

「うん」

　鳥羽が、けわしい顔でうなずく。

「でも、待って。フミカちゃんのところに行きたいと思っても、アカリちゃんも鏡のものだまも、フミカちゃんのあたらしい家がどこか、知らないよね」

　わたしは言った。

「たぶんね。住所を教えてもらってたとしても、それがどっちの方角で、どうやったら行けるのかまではわからない」

「じゃあ、そっくりさんはどこに向かってるの？」

「わからない。でたらめな方角に向かってるのかも……」

　アカリちゃんはまだ一年生。自分で行動できる範囲はかぎられている。遠くまで行けば、まちがいなく、迷子になってしまう。

「どうしよう、アカリちゃん、迷子になっちゃうよ」

「けど、まだそう決まったわけじゃない。とりあえず、前に聞いたおばあちゃんの家と、アカリちゃんの家に行ってみよう」

　鳥羽が言った。

「時間がもったいないから、ふたりで手分けしない？」

「だね。七子(ななこ)はアカリちゃんち。わたしはおばあちゃんちに行ってみる」

「えーと、アカリちゃんちは二丁目公園の向かいだったよね」

二丁目公園なら、場所はわかる。鳥羽と別れ、公園に向かって走った。


二丁目公園の向かい……。

ならんだ家の表札を順番に見ていく。アカリちゃんの名字は、あんどう。安藤かな？　それとも、安東？

「あった」

思わず声が出た。公園の入り口のすぐ前の、白い二階建ての家。表札に「安藤」と書いてある。

さっき学童の先生、お母さんはお仕事中、って言ってた。でも、もしかしたらアカリちゃんは鍵を持ってて……。うーん、一年生じゃ、鍵はまだかな？　少し迷ったが、インターフォンを押した。

待ってみたが、反応はない。

鍵で入ったとしても、留守番中はインターフォンが鳴っても出ないように言われているかもしれない。もしかして、なかで、眠っちゃってるかもしれないし。

とりあえず、家の周囲を見てまわり、二丁目公園のなかも捜してみた。だが、アカリちゃんはいない。

「七子ー」

鳥羽が走ってくるのが見えた。

「鳥羽、どうだった？」

「いない。そっちは？」

鳥羽は息を切らしている。ひざに手を置いて腰をかがめた。

「こっちも。鍵を持ってて、自分でなかにはいったんなら別だけど」

「アカリちゃん、鍵は持ってないって。おばあちゃんが言ってた」

鳥羽は、アカリちゃんのおばあちゃんの家から、路地や公園をのぞいたり、通りかかった人にたずねたりしながら来たらしい。だがアカリちゃんはいなかったし、アカリちゃんを見た人もいなかった。

「おばあちゃんが児童館に電話したけど、まだ見つかってないみたい。お母さんも会社を早退する、って」

鳥羽が言った。

ふたりであちこち捜しまわったが、アカリちゃんの姿はない。汗が首を伝っていく。もう四時近い。

「どうしよう？」

「もう一度、学校の方にもどってみよう」

鳥羽が言った。

「なにやってんだ？」

道を渡ろうとしたとき、声がした。ふりかえると律くんが立っていた。

「律くん、実は」

言いかけて、鳥羽を見た。鳥羽は律くんに話すのをいやがるかもしれないけど、そんなこと言ってる場合じゃない。

「あの……。アカリちゃんって、あの一年生？　見てないよ。なんかあったの？」

「アカリちゃん、見かけなかった？」

「アカリちゃん、いなくなっちゃったんだよ」

わたしがどう説明しようか迷っているうちに、鳥羽が言った。

「いなくなった？」

「うん。今日は学童に行くはずなのに、行ってない」

鳥羽がこれまでのことを説明した。鏡のものだまが荒ぶっているせいで、アカリちゃんが何度もそっくりさんを見ていること。アカリちゃんは、それを魔法だと思っていること。そっくりさんについていけば、保育園のときの友だちのフミカちゃんに会えるかも、と思っていること。鏡のものだまは、たぶん小さな子どもだろうということ。

「なるほど、わかった。確認だけど、今日学童に行くはず、っていうのは、たしかなのか？」

「うん。学童の先生もそう言ってたし、おうちの人にも確認した」

律くんが、うーん、とうなった。

「一年生は五時間だから、学校出たのは二時半くらいか。もう四時近いよ。一時間半も経ってるじゃないか」

「家の近くにも、おばあちゃんちにもいない。家の鍵を持っていないのは、おばあちゃんに確認した」

鳥羽が腕組みする。

「アカリちゃんが自分で行けそうな場所はほとんど捜したよね……。いろんな人に訊いたけど、見かけた人もいないし」

「やっぱり、ものだまの見せるまぼろしを追いかけて、知らないところまで行ってしまったんだと思う。で、帰れなくなった。それか、もしかしたら、まだまぼろしを追いかけつづけてるのかも」

鳥羽が遠くを見る。

「きっとアカリちゃんのそっくりさんは、でたらめにあらわれては消えてるんだ。それを追いかけていったんだったら、行く先の予想がつかない。正直、お手上げだよ」

鳥羽が大きくため息をつく。あせっているのかもしれない。いつになく、いらいらした表情だ。

「そうかな?」

律くんが首をひねった。

「ほんとに、でたらめかな」

「どういう意味?」

鳥羽が律くんを見た。

「いままでいろんな人がドッペルゲンガーを見てるけど、だれもあとを追って姿を消したりしてないよね?」

「そういえば、そうですわね」

フクサの声がした。

「これまで、いなくなった子どもはいませんし、ドッペルゲンガーを追いかける、という話も聞いたことがありませんでしたわ」

「七子の話だと、アカリちゃんのそっくりさんは、手まねきしてるんだよね。だからアカリちゃんは、そっくりさんがフミカちゃんのところに連れていってくれる、と思った。でも、よく考えたら、ほかでそんな話、聞いたことない」

鳥羽に訊かれ、うなずいた。

「そうだね。わたしのときも、手まねきなんか、しなかったよ」

「つまり、カガミは、アカリちゃんをどこかに連れていきたいと思っているんじゃ……」

鳥羽が遠くを見る。

「カガミ自身がそこに行きたいのかもしれんぞ。ものだまは、自分では動けないからの。それで手まねきしておるのかも」

タマじいも言った。

「でも、どこに？」

ランドセルが訊いた。

「桐生（きりゅう）さん、どっかないのか、心あたりの場所」

律くんがわたしの方を見る。

「うーん、やっぱり、考えられるのは、フミカちゃんのところ?」

わたしは迷いながら答えた。

「フミカちゃんって、その子の保育園時代の友だちだったよな?」

「そう。いちばん仲がよかった子で……。アカリちゃんとフミカちゃんは、よくふたりで魔法ごっこをして遊んでた。そのとき、魔法の道具にしてたのが、ストラップの鏡なんだよ。けど、フミカちゃんは小学校にあがる前に引っ越して、別の小学校に行っちゃったんだって」

わたしは答えた。

「その子のあたらしい家はどこなんだ?」

律くんが訊く。

「わからないけど、かなり遠いと思うよ。アカリちゃんのお母さんは、お泊まりしないと行けない、って言ってたみたい」

「それは、長距離の電車とか、飛行機に乗らなくちゃ行けない、ってことだよな? 一年生ひとりじゃ、とても無理だな」

「けど、行けるか行けないか考えないで、歩きだしてしまったのかも」

鳥羽が頭を抱えた。

「カガミも、まだ子どもじゃろうからのう」

タマじいが言った。

「でも、そうなると、完全にでたらめな方向に歩いていく、ってことだろ？　それじゃ、どこに行くか、予測できないな」

律くんも困ったように言う。

「先生たちも捜してるんだよな？　もう見つかったってことはないかな？」

「そうだね。一度、児童館に電話してみる」

鳥羽はポケットから携帯電話を出し、児童館にかけた。すぐにつながったようで、なにか話している。でも、見つかったって感じじゃない。

「どうだった？」

「まだ見つかってないって。お母さんも児童館に来たみたい。お父さんにもようやく連絡がついて、もうすぐ来るって。五時まで捜して見つからなかったら、警察に連絡するって言ってた」

鳥羽が緊張した顔で言った。

「かなり大ごとになってきたな。でも、それなら、しらみつぶしにこのあたりを捜すのは、大人にまかせようよ。ものだまが関係してることを知ってるのは、ぼくたちしかいない。だから、ぼくたちはカガミのしそうなことを考えた方がいい」

「たしかに……」

鳥羽がうなずき、ふうっと息をした。

「そうだね。ありがとう。律のおかげで、少し落ち着いた」

めずらしい。律くんにお礼を言うなんて。でも、さっきの、あせったような表情は消えている。

律くんも、うなずいて笑った。

「カガミが荒ぶったのが、フミカちゃんに関係してるのはまちがいない。だから、やっぱりフミカちゃんの線で考えてみようよ。ほかにどっかないのかな、アカリちゃんひとりでも行けそうなところ」

「律、塾はいいのですか？」

急にルークの声がした。

「そうだ、そういえば、律、時間は？」

鳥羽が言った。

「いや、塾に行くところだったんだけど、もう遅刻だな。それに、今回はさすがに手伝わないわけにはいかないよ」

「い、いいの？」

わたしは訊いた。

「とにかく、アカリちゃんを見つけなきゃ。それに、一度休んだくらいじゃ、順位は落ちないし」

律くんはさらっと言う。

「でも、お母さまに電話はした方がいいと思いますが」

ルークが言った。

「うーん、仕事中だし。それに、休むなんて言ったら、理由を訊かれるだろ？　いまは、そんなことやってる場合じゃないよ」

律くんがいやそうな顔になる。

「でも、無断で塾を休んだりしたら、アカリさんと同じことになりますよ。塾から、お母さまに連絡が行くと思いますし」

ルークが冷静に言う。

「わかった。じゃあメールしとくよ。そんなことより、いまはアカリちゃんの行き先を考えないと」

律くんは腕組みして、空を見あげる。

「アカリちゃん、あのとき、手がかりになるようなこと、言ってなかった?」

　鳥羽が言った。

「フミカちゃんって子のこと。どんな遊びをした、とか、どこで遊んだ、とか」

　律くんも訊いてくる。

「ええと、そういえば……。どこかで遊んですごく楽しかった、って言ってたっけ」

「そうじゃったのう。たしか、魔法のなんとか、とか」

　タマじいが言った。

「そうだ、魔法のお城。あの話をしてたとき、アカリちゃん、すごく楽しそうだった。あそこなら、カガミも行きたいと思うかもしれない」

「それ、どこにあるの?」

「うーん、どこだかはよくわからないの。アカリちゃんの話、具体的な場所の名前とかは全然出てこなかったから」

「まあ、一年生だからな」

　律くんが言う。

　ええと、なんて言ってたんだっけ。魔法と関係があった気が……。

「魔法のお城ってことは、空想のなかの話なんじゃないの?　だとしたら、どこでもいいってことになっちゃうよね。保育園でもいいし、フミカちゃんの家でも……」

鳥羽が言う。

――ちがうよ。バスに乗ってくの。

――すごいんだよ。ほんとに魔法のお城なの。

――ぐにゃぐにゃのタコみたいな形でね。なかにお部屋もあるの。すべり台みたいなのもついてて……。

「ううん、ちがう。ほんとにある場所のはずだよ。アカリちゃんは公園だ、って」

「公園？　どこの？」

鳥羽が勢いこんで訊いてきた。

「バスで行った、って言ってたよ。ぐにゃぐにゃのタコみたいな形の遊具があるんだって。部屋みたいな穴があって、すべり台もついてるって」

「ぐにゃぐにゃのタコみたいな形……？　すべり台……？」

律くんが目を見開く。

「もしかして、それ、タコ型遊具じゃないか？」

「タコ型遊具？　なにそれ？」

鳥羽が訊く。

「公園にある、大きなタコみたいな形をした古い遊具だよ。タコの足がすべり台になってる……。そう、たしかに、あれは、まさにタコの形の宮殿だ」

律くんがポケットに手を入れた。

「ますますわかんないんだけど」

鳥羽が首をかしげる。

「いま見せてやるよ」

律くんはポケットから出したスマホで検索している。

「ほら、これ」

律くんがさしだしたスマホの画面には、公園の真ん中にどーんとそびえる変な形の遊具が写っていた。

「たしかに……。タコの形だ」

鳥羽があきれたように言った。

「こういうの、むかしはあちこちの公園にあったんだってさ。『タコ型遊具』とか、『タコ山遊具』って呼ばれてたみたいだ」

律くんが見せてくれたのは、個人で「タコ型遊具」をめぐり歩き、写真を撮っている人のブログだった。各地の公園のタコ型遊具の写真が紹介されている。

「ふうん、そうなんだ。それにしても、ずいぶんいろんな形のがあるんだね」

　鳥羽が感心したように言った。

「いまの遊具みたいに、できあがったものを持ってきて、設置するんじゃないんだよ。職人さんがその公園に合わせて、毎回形を考えて作ってたんだって」

「よく知ってるね」

「前に、家庭教師の先生から聞いたんだ。むかしはたくさんあったけど、老朽化してどんどん減ってるんだってさ。このブログも、先生に教えてもらったんだよ」

　そういえば、前に、律くんは塾のほかに家庭教師から英語を習ってる、って言ってた。大学院生って言ってたけど、ちょっと変わった先生なのかもしれない。

「たしかに、これってタコみたいな形だし、宮殿に見えるけど……。この近くにあったっけ、こんな遊具。わたしは見たことないよ。それに、バスで行ったって話だから、かなり遠いんじゃないの？　アカリちゃん、ひとりで行ける？」

　鳥羽はそう言って、腕組みした。

「そうだね……。バスにひとりで乗れるかわからないし、お金も持ってないかもしれないし」

「いや、ちょっと待て」

スマホを操作していた律くんが言った。

「けっこう近くにあるみたいだよ、タコ型遊具」

「え、ホント？」

鳥羽が律くんのスマホを横からのぞきこんだ。

「このブログ、遊具のある公園の住所も載ってるんだ。あるよ、坂木市内にも。坂木小学校の学区じゃないけど。ほら、ここ」

律くんが指さした先に、坂木市の住所があった。

「中山団地？　駅とも反対だし、そのあたりには行ったことないなあ」

鳥羽が首をひねる。

「でも、アカリちゃん、一年生だよ？　バスは行き先もいろいろあるし……。だいたい、場所なんて、覚えてないかも」

わたしは言った。

「いや、ここなら、距離はあるけど道は単純だし、歩いていける」

律くんがスマホで地図のアプリを開きながら言った。

「え？　歩いて？」

「うん。たぶん、バス通りをずっとまっすぐ歩いていけばいい」

「そうなの？　でも、アカリちゃんにそんなこと、わかるかな？　それに、わたしが一年生のころは、場所がはっきりわからない公園までひとりで歩くなんて、こわくてできなかった」

「そうかな。ぼくは一年生のころには、ひとりで電車に乗って、父さんの事務所まで行ってたけどな。乗ったことのある電車の駅や、バスの停留所の名前はけっこう覚えてたし」

「そうなの？」

「それは個人差あるでしょ？　まあ、わたしも一年生のころには、学校のまわりを歩いて、クラスの子全員の家にひとりで行けたけど」

「えええーっ」

　驚いて、声をあげた。やっぱり律くんと鳥羽は、ふつうとちがう。

「それは、鳥羽と律くんが特殊なんだよ」

「そうか？　桐生さんはお嬢さまだからなあ」

　律くんが言った。

「まあ、アカリちゃんはおとなしいタイプだからね。七子に近いかもしれない。でも、この場合、アカリちゃんにわからなくてもいいんだよ。カガミがわかっていれば」

鳥羽が言った。

「ああ、そうか」

その通りだ。カガミが行きたい方向にそっくりさんを見せて、アカリちゃんはそれを追って進んでいるだけ。

「でも、カガミは？　どうして道を知ってたの？」

「その公園、行ったのは一回だけなのかな？」

「ううん。フミカちゃんといっしょに何度も行った、って言ってたよ」

思いだしながら言った。

「だとしたら、バスに乗るとき、フミカちゃんかアカリちゃんのお母さんが『この通りをまっすぐに歩いていけば着く』って説明したのかもしれない。カガミはそれを聞いていて……」

「そうじゃの。人間の子どもは、迷子になったらこわいから、ひとりで行こうと思わんし、行けるとも思わない。道を覚えようともしないかもしれん。じゃが、わしらものだまは、迷子になることがないからのう」

「そうですわね。ものだまは自分で動くことができませんから。置いていかれるこわさを体験したことはあっても、ひとりで動いて迷子になる、というのは……」

フクサも言った。

「うーん。いまのところ、そこしか候補がないし……。賭けてみようか。で、その公園の遊具の写真、ある？」

鳥羽が訊くと、律くんはもとの画面にもどり、さっきの公園の名前をタップした。

「あっ」

写真があらわれたとたん、みんなで声をあげた。

「お城！」

たしかにとても大きくて、お城みたいだった。

「これは……」

「まさに魔法の宮殿だな」

律くんがつぶやく。

「ここは、ありえる」

鳥羽が探偵っぽい口調になる。

「っていうか、ここしかないだろ。坂木小学校から三キロくらい離れてるけど、バス通りまで出れば、あとはまっすぐ歩いていけばいい。通りぞいの団地のなかの公園だから、何度か行ったことがあるなら、近くまで行けばわかると思う」

律くんも言いきった。

「歩きだしたとして、一年生のアカリちゃんがそこまでたどりつけるのかな」

「三キロは、別に歩けない距離じゃないよ」

律くんが言った。

「ふつう、大人の足だと一分で八〇メートルって聞いたことがある。つまり一キロだと十三分、三キロだと四〇分ちょっと。一年生なら一時間半くらいかな」

律くんがすらすら言う。

鳥羽もうなずいた。

「一年生がふつうに歩いたら、止まったり、寄り道したりで、もっとかかるだろうけど、そっくりさんを追いかけて急いで歩いた、って考えたら、そんなもんかな」

「学校を出たのが二時半として、二時間たってる。寄り道したとしても、もう公園に着いてるよね」

わたしは携帯の時計を見ながら言った。

「四時半か。ほかに候補もないし、大人たちは、この公園のこと、思いつかないだろうから。とにかくここに行ってみよう」

きっぱりと鳥羽が言った。

「ふた手に別れた方がいいな。急いでバスで行く人と、国道を歩いていく人。途中で迷ってる可能性もあるし、歩いて引き返してるってこともあるかもしれないから」

律くんもてきぱきと言う。

「そうだね」

鳥羽がうなずく。

「きみたちって、バスのＩＣカード持ってる？」

「持ってるよ」

「わたしも持ってる」

塾に行くとき用に作ってもらったのだ。

「じゃあ、きみたちはバスで公園に行って。ぼくは国道を歩いて、あとから行く」

「わかった」

そう答えると、わたしたちはバス停に走った。

9　魔法のお城

　バス停に着いたときには、汗だくになっていた。

　中山駅(なかやまえき)行きのバスはすぐにやってきた。

　律(りつ)くんと別れ、バスに乗る。すいていた。鳥羽と左右の窓際にすわり、外の歩道を見張ることにした。アカリちゃんが歩いているかもしれないからだ。

　バスが動きだす。窓にはりついて、じっと目をこらす。いろんな人がいた。小さい子どもを連れたお母さん、暑いのにスーツを着たサラリーマン、小学生らしい男の子の集団。でも、アカリちゃんの姿はない。

「アカリちゃん、見つかるかな」

　ランドセルが心配そうにつぶやく。

　黄色いぼうしをかぶった子どもたちが見えた。アカリちゃんと同じ一年生だ。この時間だから、学童の帰りなんだろう。

一年生がかぶる黄色いぼうし。あれ、わたしもかぶってたなあ。

小学校にはいる前って、ちょっとこわかった。わくわくもしてたし、なにが起こるんだろう、ってすごく緊張して。ああ、それで、おばあちゃんから買ってもらったランドセルを枕もとに置いて、あたらしい友だちと話す練習をするために、毎晩話しかけていたんだっけ。

そうか、わたしのランドセルには、それでものだまが……。入学したあとも、家に帰ってからけっこう話しかけてたしなあ。宿題がたくさんあるときは文句を言ったり、学校でケンカしたときは泣きながら話しかけたり。

もう小学生なんだからしっかりしなくちゃ、って思ってがんばってたけど、ほんとはこわかったんだ。学校までひとりで行かなきゃならないし、なんでも自分でやらなくちゃいけない。授業中はひとりですわってなくちゃならない。

なにより、小学校は幼稚園にくらべてずっと大きかった。知らない場所がたくさんあって、みんなと離れると、迷子になりそうだった。高学年の人たちが走りまわっているのも、大きな声で騒いでいるのも、やっぱりこわかった。

アカリちゃんも、そうだったのかもしれない。しかも、仲良しのフミカちゃんが別の学校に行っちゃって、ひとりぼっちになった気がしたのかもしれない。

「次は中山団地」

アナウンスが流れると、ピンポン、とブザーが鳴った。鳥羽の方を見ると、鳥羽もこっちを見た。ブザーを押したのは鳥羽だったみたいだ。降りるよ、と目で合図してくる。

バスが止まる。立ちあがり、バスを降りた。


「えーと、公園は……」

団地にはいると、鳥羽はあたりを見まわし、歩いてきた女の人の方に走り寄った。

「すみません、この団地に公園ありますか？　タコの形の遊具がある……」

女の人に話しかけた。

「タコの遊具？　ああ、あの水色の大きなやつ。それだったら、あっちにあるよ。そこに見えてる棟の向こう側」

女の人が指さした先を見る。

「あのB3って書いてある棟ですか？」

「そうそう。あの遊具、いまどきめずらしいわよね。人気があって、遠くから来る人もいるみたい。わたしも最初見たときは、なつかしいなあ、って」

女の人はくすっと笑った。

「ありがとうございます」

ぺこりと頭をさげ、鳥羽が走りだす。わたしもあとを追いかけた。

B3と書かれた棟をまわると、目の前に公園があった。

そしてその真ん中に、写真で見た、大きな水色のタコ型遊具がそびえていた。

「あった」

遊具は思った以上に大きかった。顔は描かれていないが、巨大なタコみたいな形のものが足を何本もまわりに広げている。足はどれもすべり台になっているのだ。

ぐねぐねした形の壁。足の部分はすべり台。小さいころに来たら、まちがいなくはまっていただろう。

「たしかに『魔法のお城』だね」

鳥羽が言った。ぐねぐねした形のところも、いかにも「魔法」、という感じがする。

「アカリちゃん、いるかな？」

ここからは見えない。でも、遊具の向こう側はこっちから見えないし、なかも迷路のようになっているのだ。

鳥羽が遊具にかけより、裏側にまわった。

タコ型遊具の下にあるくぼみに、黄色いぼうしの子がすわっている。

「アカリちゃんだ」

「よかった……」

へなへなと力が抜けそうになる。

「すぐ児童館に電話しなきゃ」

鳥羽に言った。

「わかった。でも……」

鳥羽がじっとこっちを見る。

「アカリちゃんが家に帰っても、事件は終わりじゃないんだよ」

「え?」

「お父さん、お母さんには、カガミをしずめることはできない。カガミが荒ぶっているかぎり、たぶんまた同じことが起こってしまう」

「そうか。でも、じゃあ、どうすれば……」

お父さんもお母さんも児童館の先生も、みんな心配しているだろう。五時になったら警察に連絡する、と言ってた。

いま、五時五分前。

「みんな心配してる。だから、すぐに電話しなくちゃいけない。場所を説明して、こっちに来てもらうことにする。それまでわたしたちがいっしょにいるから、って言って」

「うん、わかった」

「で、ここからが大事。電話したあと、みんながここに来るまで、二十分くらいはかかるはず。それまでにカガミをしずめないと」

「ええっ、二十分で？」

「考えてみて。まわりにだれもいない状態でカガミと話せるときなんて、そんなにないよ。もうすぐ夏休みだし、いまがチャンスなんだ」

　鳥羽が真剣な顔で言った。

「児童館への連絡はわたしがする。そのあいだに、七子はカガミをアカリちゃんから引きはなして、わたしと話ができるようにしてほしいの」

「ええっ、わたしが？」

「この前、アカリちゃん、七子にはいろいろ話をしてた。だから、七子が言えば、聞くかもしれない」

　むずかしい。けど、それをしなかったら、アカリちゃんはまた……。

置く。

「大丈夫、七子ならできるよ。児童館に連絡したら、律もすぐ、こっちに呼ぶから」

そう言って、わたしの背中をたたいた。ゆっくりとランドセルを降ろし、ベンチに

「うん。やってみる」

「七子、がんばれ」

ランドセルの声がした。

一歩、二歩……。

遊具の方に歩く。

「アカリちゃん」

わたしが呼ぶと、アカリちゃんがこっちを見た。鏡のストラップを握りしめている。

ここまでやってきて、ランドセルからはずしたらしい。ランドセルは、足もとに置かれていた。

わたしは黙って、アカリちゃんのとなりにすわった。

アカリちゃんは小さかった。うつむいて、ストラップをじっと見ている。

「ここが魔法のお城なんだね。すごいね、びっくりしちゃった」

できるだけふつうの口調でそう言うと、アカリちゃんはうつむいたまま、ちょっと

だけうなずいた。

「そっくりさんを追いかけてきたの？」

アカリちゃんはまた、うなずいた。

「追いかけてたら、ここに来ちゃったの。お城があって、うれしかった……。けど、フミカちゃん、いなかったの」

声がふるえている。ちらっと見ると、目から涙がこぼれている。

「そっくりさんは？」

「わかんない。どっかに行っちゃった。おうち、どっちかわかんない」

アカリちゃんはぼろぼろ泣きだした。

「アカリちゃん、大丈夫。お姉さんたちが来たから」

やさしく言って、アカリちゃんの顔をのぞきこむ。

「みんな、心配してるよ。お母さんも、学童の先生も」

「お母さん……」

アカリちゃんが涙を拭く。

「おうちに帰る」

「大丈夫だよ。児童館に電話したからね。もうすぐ、お母さんたちがむかえにきてくれるよ」

「ほんと？」

「うん。だからそれまで、お姉さんたちと遊んで、待ってよう」

「わかった……」

アカリちゃんが小さくうなずく。まだ不安なんだろう。

「なにして遊ぼうか？」

安心させたくて言ってみたが、アカリちゃんはなにも答えない。

「アカリちゃんは、どんな遊びが好き？」

「……わかんない」

また黙ってしまう。

うーん、どうしよう。こういうとき、鳥羽だったらなんて言うんだろう？　ふたりでできる遊びって……。

ちがうちがう、そんなこと考えてる場合じゃない。いまはカガミを……。

「そうだ、魔法ごっこしようか」

そう言うと、アカリちゃんがくいっと顔をあげた。

「お姉ちゃん、できるの？」

じっとこっちを見る。

やった、関心を持ってくれた！

「できるよ。アカリちゃんが教えてくれたら」

「できない」

アカリちゃんがうつむく。

まずい。また下向いちゃった。

「そうだ、アカリちゃんの魔法のストラップ、すごくきれいだよね。それが魔法の道具なんだよね？　ちょっと見せてくれる？」

あわてて言った。

「やだ」

アカリちゃんはぶんぶん首を横に振り、胸の前でストラップを握りしめる。

「これは、大事なの」

困った……。これは手強そうだ。

「お姉ちゃんも魔法の鏡で遊んでみたいな。フミカちゃんとは、よく遊んだんだよね。ねえ、どうやって遊ぶの？」

そう言ってみたが、横を向いたままなにも言わない。

「すごい、タコ型遊具じゃないか、いまどきめずらしいな」

そのとき、男の子の声がした。

律くんだ。いつのまに着いたんだろう。公園の入り口の方から、鳥羽といっしょに歩いてくる。

いまどきめずらしい？　驚いたような口ぶりだ。

ここにタコ型遊具があるのを発見したの、律くんでしょ？

「へえ、こうなってるのか。うわあ、おもしろいなあ」

なんだかいつもとキャラがちがう。ふつうの活発な男子みたいだ。

律くんはタコ型遊具のまわりを一周すると、すべり台のひとつをのぼりだした。

なんだか、おもしろそう。ここで鬼ごっこしたら楽しいかも……。

アカリちゃんが立ちあがる。見えなくなった律くんの姿を捜そうと、タコ型遊具のまわりを歩きはじめた。

「おーい」

律くんの声がした。遊具のてっぺんのあたりの穴から、律くんの顔がのぞいている。

「おもしろそうだね」

下に立っていた鳥羽が、遊具の方に走った。

律くんがのぼったのとは別のすべり台をのぼっている。壁に隠れて姿が消え、また別の場所から顔が見えた。

「律ー。そこ、どうやったら行けるの？」

「さあ、わかんない。迷路みたいだな、これ」

「あ、ここ、こんなふうになってるんだ。お城みたいー」

ふたりの楽しそうな声が聞こえてくる。

おもしろそう。わたしも行きたいな。

アカリちゃんの方を見る。はっとした。アカリちゃんは、興味しんしんという顔で鳥羽たちを見ていた。

あっ、そうか……。

律くんの子どもっぽい話し方も、鳥羽のはしゃいだ声も、アカリちゃんの気を引くため？

そうか。

もしタコ型遊具にのぼるとしたら？　すべり台の斜面をのぼるのに、両手を使う。ストラップを握ったままじゃ、のぼれない。

アカリちゃんが遊びだせば、ストラップをわたしに預けるはず。

鳥羽と律くんはそれをねらってる？

「遊ぶ？」

アカリちゃんに話しかけた。アカリちゃんは、ちょっと迷ったようにあとずさる。

「七子もおいでよー。楽しいよー」

タコ型遊具の上の方の穴から、鳥羽が手を振っている。

アカリちゃんはそちらをじっと見てから、わたしの方を向いた。

「楽しそうだね」

アカリちゃんに言ってみた。

「わたしも……。遊ぼうかな」

アカリちゃんが小さな声で言った。

「そうだね」

笑ってうなずくと、アカリちゃんも、にこっと笑った。

タコ型遊具に向かって走っていく。

「あ、アカリちゃんも遊ぶ？」

「こっちに来たら、入れてあげる。おいでよ」

鳥羽と律くんが口々に言う。

「ええーっ」

ふたりを見あげて、アカリちゃんが口をとがらせた。

「ここは魔法のお城なんだよ。わたしは、ここの魔法使いなんだから」

アカリちゃんが、怒ったようにわたしに言った。

「わかったよ。わたしは魔法使いの弟子だから。あのふたり、初心者だもんね。弟子になるよう言ってみる」

「うん！」

アカリちゃんがうれしそうにうなずく。

「ねえ、ふたりともちょっと聞いて」

下から鳥羽たちに話しかけた。

「ここは、魔法の城。ここにおられるアカリちゃんは」

そこまで言うと、となりにいたアカリちゃんがわたしのスカートを引っぱった。

「アカリちゃんじゃないよ。シルフィード」

自分を指さして、言った。

シルフィード……。

ごっこのなかではそういう名前なのか。

「シルフィードね」

小さく言って、うなずく。

「ここにおられるシルフィードさまは、このお城の魔法使いである。わたしはその一番弟子のナナーク。あなたたちも、魔法を習いにきたのか」

ちょっとはずかしかったけど、お芝居のように声をはりあげた。アカリちゃんがうれしそうにこっちを見ているのがわかる。

「そうか。そなたがあの高名なシルフィードさまか」

律くんが大声で返してきた。

ええっ、と思った。

口調も立ち方も舞台俳優みたいだ。律くん、こんなこと、できるんだ。

となりで、鳥羽も目を丸くしている。

「我が名はリツ。北の国の騎士。わが王ルークの使いで、この宮殿にやってきた。シルフィードさまにお渡ししたいものがある」

律くんはそこまで言うと、ちらっと鳥羽を見た。

「え？　わたしも？」

鳥羽の声がした。律くんがうなずく。

「わたし、こういうの苦手なんだけど……」

「いいから、やれよ」

「わかったよ。あーもう……。わたしはトバ。シルフィードさまに弟子入りしにまいりました」

鳥羽が棒読みで言った。

「ふたりともあのように申しておりますが、いかがいたしましょう、シルフィードさま。通してもよろしいでしょうか」

わたしはアカリちゃんに訊いた。

「うむ。よいぞ！」

アカリちゃんがうれしそうに答える。

「ふたりとも、シルフィードさまは会ってもよいとおおせだ。ここに来るがよい」

わたしはふたりに言った。

律くんがさっそうとすべり台をおりてくる。アカリちゃんの前に立つと、騎士のような格好でひざまずき、頭をさげた。

鳥羽も律くんを真似ておじぎするが、なんとなくぎこちない。

「シルフィードさま、これを」

律くんが両手を出す。なにか載せているような形だが、実際にはなにも載っていない。ごっこだから、載せているつもり、ということだろう。

アカリちゃんが首をかしげる。

「これは、北の国に千年に一度咲く花。わが国では『命のみなもと』と呼ばれ、強い治癒の魔力を持っております」

律くんが言った。

「チユってなに？」

アカリちゃんがこっちを見て、小声で言う。

「病気をなおす、って意味」

わたしもひそひそ声で答えた。アカリちゃんは、そっか、と言って律くんを見た。

「わが王ルークが、シルフィードさまの魔法にお役立ていただければ、と。そこでペガサスに乗り、千キロの道を、わずかふた晩で飛んできたのでございます」

すごいな、律くん。

その場で物語を作ってる。しかも、俳優みたいなしゃべり方。声もよく通るし、動き方も騎士みたいだ。思わず見とれてしまった。

「それはご苦労であった」

わたしは言った。アカリちゃんはにこにこ顔だ。

「あー、えーと、わたしは、見習いの魔法使いで……ございます……かな？」

鳥羽がぼそぼそと言う。かなりたどたどしい。

「えー、シルフィードさまに、すばやく動く術を教えていただきたく、やってまいりました」

アカリちゃんがわたしを見る。

「シルフィードさまの動きの早さは、北の国でも知らない者はおりません。どのような場所でも風のようにかけぬける術をお持ちとか。もしできましたら、わたくしにもその術をお教えください」

律くんがうやうやしく言った。

「どうしよう？」

アカリちゃんがわたしを見て、ひそひそ声で言う。

「ふたりに教えてあげたら？」

「できるかな？」

「できるよ。だって、魔法使いのシルフィードでしょ？」

にこっと笑うと、アカリちゃんも楽しそうに笑った。

「行ってくる！」

アカリちゃんがタコ型遊具に向かって走りだす。

「まず、坂をかけあがる術をお教えください！」

鳥羽が言った。

「わかった」

アカリちゃんはうなずき、すべり台の前に立った。タコの足のなかで、いちばん急なすべり台だ。

「まさか、ここをかけあがるのですか！」

律くんが驚いたように言う。

「シルフィードさまに不可能はない！」

わたしが答える。

「行くぞ！」

アカリちゃんは大きく息を吸い、走りだす構えになった。

「あ、シルフィードさま」

わたしはうしろから声をかけた。

アカリちゃんがふりかえる。

「あの、えーと……魔法の鏡を持ったままで大丈夫でしょうか」

アカリちゃんはすべり台の方を向き、手に持ったストラップをじっと見た。このすべり台は、上の方がずいぶん急で、のぼるには、両手を使わなければ無理そうだ。

「持っててくれる?」

アカリちゃんがストラップをさしだした。

やった!　うまくいった!

「でも、大事なものだからね、絶対落としちゃダメだよ」

アカリちゃんが言った。

「もちろんでございます!　命に代えましても鏡を守ります」

わたしはそう言って、ストラップを手のひらで包んだ。

アカリちゃんが勢いよくすべり台をかけのぼる。律くんがあとを追う。

「あとはよろしくね。カガミを説得するのは、七子にまかせた」

鳥羽がやってきて、小声で言った。

「え?　嘘?　わたしが?」

「だって、いま、あっちを抜けるわけにはいかないでしょ?」

アカリちゃんたちの方を見る。

「それはそうだけど……」

たしかに、いま鳥羽が行かなかったら、アカリちゃんは納得しないだろう。

「それに……」

鳥羽がくすっと笑った。

「七子なら大丈夫だよ」

そんなことない、と返そうとしたが、鳥羽はもうタコ型遊具に向かって走りだしていた。

10　はじめての説得

わたしは遊具の下の砂場を出て、ランドセルを置いたベンチにすわった。

「でも、どうしよう。説得なんて、はじめてだよ」

ほうっとため息をつく。

ものだま探偵の仕事は、荒ぶったものだまを見つければ終わり、じゃない。犯人がわかっても、そのものだまがしずまるわけではないのだ。しずめるためには、そのものだまの気持ちをほぐしてやらなければならない。

ものだま探偵は、陰陽師とか、超能力者とか、魔法使いじゃない。呪術や魔法でものだまをしずめられたらカッコいいし、簡単だけど、そういうのは使えない。地味に言葉で説得するしかない。人間をなだめるのといっしょだ。

ものだま探偵の助手になって、三カ月。鳥羽といっしょに、何度か荒ぶったものだ
「あーあ、行っちゃった」

ま捜しをした。だけど、最後にものだまを説得するのは、いつも鳥羽だった。

不安になっているものだま、怒っているものだま、悲しんでいるものだま。人間と同じで、知らない人が説得しようとしても、すぐには心を開かない。鳥羽はそのことをよく知っている。

まずはカガミの気持ちを理解しなくちゃ。見当ちがいなことを言ったら、わかってない、と思ってさらにむくれる。かといって、気持ちをずばりと言いあてると、痛いところをつかれた、と思って、へそを曲げてしまうかもしれない。

むずかしい。でも、やるしかない。しかも、時間はあと十分もない。

「ねえ、カガミさん」

どうしたらいいかわからなくなって、手のなかのストラップに話しかけた。

「カガミさんは、なにがいやなのかな？」

じっとストラップを見つめる。小さな鏡にわたしが映っている。

「アカリちゃんが遊んでくれなくなったのが、さびしいの？　それとも、フミカちゃんがいなくなっちゃったから？」

しんとしている。

「アカリちゃんから聞いたよ。前は、ここで三人で遊んだんでしょ？」

わたしはストラップの鏡をタコ型遊具の方に向けた。アカリちゃんは、鳥羽や律くんといっしょに、遊具のなかで、走ったり、穴をくぐったり、とびはねたりしている。

「ほんとはカガミさんも、いっしょに遊びたいんじゃない？」

もう一度、鏡をこちらに向けた。そのとき……。

あっ。

顔？　わたしじゃない顔がうかんでいるような？

目をこすって、もう一度じっと見る。

見まちがい……？

ふだん、ものだまが話すときには、ものの上に顔がうかびあがる。タマじいでも、フクサでも、ランドセルでも、ルークでも。もちろん、その顔が見えるのは、ものだまの声が聞こえる人だけだけど。

でも、荒ぶっているものだまは、黙りこんで、顔も出てこない。

……はずだった。

だけど、いま、鏡に、わたしじゃない顔が見えた。ずっと幼い、アカリちゃんくらいの年の……。

「いま、こっち見たよね？」

ぐっと顔を近づける。

ふわっと顔があらわれ……。

ぱちぱちっとまばたきした。

「いた」

わたしは鏡を見た。

「……るの？」

小さな声がする。

「なに？　いま、なにか言った？」

鏡を見つめながら訊く。

「見え……るの？」

しゃべった！

「見えるよ」

わたしが言うと、カガミの女の子の口がぶるぶるっとふるえた。

「それに、聞こえるよ、ちゃんと」

「嘘？」

女の子の口が開く。

「いままで、そんなこと、なかった……」

　小さな女の子の声。

「女の子、だったんだね」

　思わずつぶやく。

「女の子だよ」

　当然、というように、鏡のなかの女の子が言った。アカリちゃんもフミカちゃんも女の子だから、それが自然なのかもしれない。

「おぬし、さびしかったんじゃろ」

　声がした。タマじいだ。

　鏡のなかの目が、きょろきょろ動く。

　ポシェットからタマじいを出し、鏡の前に持っていく。

　タマじいが、にまっと笑った。

「うわあ」

　女の子の目が大きく開く。

「なに、この、おじいちゃん」

　じいっとタマじいを見つめた。

「石に……顔が……」

「おじいちゃんとは失敬な。それに、おぬし、もしかして『ものだま』を知らなかったのじゃな？　自分も、ものだまのくせに」

「ものだま？」

鏡のなかの目がわたしを見た。

「あのね、カガミさん。カガミさんも、このタマじいも、『ものだま』っていうの。『もの』に宿った魂っていうのかな。人に話しかけられて生まれる、心や気持ち。カガミさんは、アカリちゃんやフミカちゃんに話しかけられて、生まれたの」

「そう、なの？　でも、アカリちゃんもフミカちゃんも、わたしがしゃべっても、ぜんぜん答えてくれなかったよ」

「うん。ものだまの声が聞こえる人は、少ししかいないの。アカリちゃんやフミカちゃんには、カガミさんの声は聞こえない。でも、わたしや、あそこで遊んでいる鳥羽や律くんは、みんな、ものだまの声が聞こえるんだよ」

「ほんと？」

カガミは、タコ型遊具の方を見た。

「それにのう。世の中には、『ものだま』がたくさんおるんじゃぞ」

タマじいが、にいっと笑った。

「そうなの？」

「おぬしの家には、ほかに、ものだまがおらんかったのかの。それとも、おぬしが話しかけなかったから、気がつかなかったのかな。ともかく、町のなかには、ものだまがたくさんおる。あやつらが持っているフクサや、チェスの駒にも、ものだまがついておる」

タマじいが鳥羽たちを見ながら言った。

「その人たちとは、しゃべれるの？」

「もちろん。あとで紹介してあげる」

「えー、やだ」

カガミがちょっとだけ眉をひそめた。

「え、なんで？」

「だって、こわいもん」

「子どものものだまも、おるぞ」

「そうそう。わたしのランドセルについてるものだまは、まだ子どもだよ。カガミさんより、ちょっとだけお兄さん」

「ほんと？」

「ほんとだよ」

わたしは、カガミの前に、ランドセルを置いた。

「こんにちは」

ランドセルが話しかける。

「……ほんとだ。おにいちゃんだ」

カガミが目をかがやかせた。

さすがは子どもだ。さっきまで荒ぶっていたことは、すっかり忘れてしまっている。

え？　ということは……？

もしかして……？

カガミの顔を見た。

顔が出て、言葉が出た。

つまり、しずまった、ってことなの？

なんだか、力が抜けた。

どうしてうまくいったのか、わからない。しずめた、っていう実感もまったくない。

でも……。

「アカリちゃんもフミカちゃんも、わたしが話しかけても答えてくれなかったけど、いっしょに遊んでるときは楽しかった。アカリちゃんもフミカちゃんもにこにこしてたし。だから、わたしもうれしくて」

カガミは遊具の方を見た。

「どうして、フミカちゃんと遊ばなくなっちゃったの？」

「フミカちゃんは遠くに行っちゃったから、なかなか会えないの」

「なんで？　どうして？」

「おうちの事情だからね。わたしたち子どもには、どうすることもできない。けど、わたしたちがいっしょに遊ぶことはできるよ」

「うん。わかった」

カガミが目を閉じた。

「さっきのやつ、楽しかった」

目を開き、小さな声で言う。

「さっきのやつ？」

「ほら、我が名はなんとかー、ってやつ。わたしもやりたい」

カガミが魔法のお城を見る。

「わかったよ。じゃあ、いっしょに行こう」

「うん！」

わたしたちはタコ型遊具の下に行った。

「シルフィードさま。魔法の鏡を持ってまいりました」

「魔法の鏡！　それはすばらしい！」

鳥羽の声がした。

さっきより、かなりうまくなってる。ちょっと笑いそうになった。

「わたくしにもぜひ、その鏡をひと目お見せくださいませ」

「よいぞ」

アカリちゃんが言った。

近づいてきた鳥羽に、ストラップを渡す。

「なんとすばらしい鏡。これを使えば、どんな魔法でも使えるのですね」

律くんも言った。

「うまくいったみたいだね」

鳥羽が、ひそっと言った。

「うん。なんでかよくわからないけど」

苦笑いした。

「わたしの弟子よー。どこにいるー？」

アカリちゃんの声がした。

「はい、ここにおりますー」

答えて、走った。

わたしの名前、なんだったっけ？

さっきテキトーにつけただけだったから、忘れてしまった。

「ナナークどの、早くこちらへー」

鳥羽の声がした。

そうだ、ナナーク。そんな名前だった。

タコ型遊具に走る。

アカリちゃんだけじゃない、鳥羽も律くんも、カガミも、みんな楽しそうに笑っている。タマじいだけが「目がまわるー、止まってくれええ」と叫んでいた。

「アカリー」

遠くから、男の人と女の人の声がした。

「あれ？　パパ、ママ？」

お母さんらしい女の人がかけてくると、アカリちゃんの前でしゃがみ、アカリちゃんをぎゅっと抱きしめた。うしろには、学童の先生もいる。

「もう、おうちに帰るの？」

「帰るの、って……」

お母さんが困ったように笑い、こっちを見た。

「お姉ちゃんたちと遊んでたの」

アカリちゃんが笑顔で言う。

少し前にはこわばった顔をしていたお父さんも、アカリちゃんのその顔を見て、ははっ、と笑いだした。

「まあ、よかったよ。なにごともなくて」

「そうだけど」

お母さんが言いよどむ。

「ダメじゃないか、アカリ。みんな心配したんだぞ」

お父さんがかがんで、アカリちゃんの目をじっと見る。

「でも、どうやってこんな遠くまで来たんだ？」

「えーと……」

アカリちゃんが口ごもった。自分でもよくわからないのだろう。

「ここ、前に来たわよね」

お母さんがあたりを見まわして言った。

「そうそう、フミカちゃんと。ふたりともこの大きな遊具が気に入っちゃって……。わたしが仕事だったとき、フミカちゃんのお母さんに連れてきてもらったことが何度もあった、って」

お母さんが言った。

「じゃあ、道を覚えてたのか？」

お父さんが目を丸くして言った。

「よく覚えてたもんだな」

「感心してる場合じゃないでしょ？」

お母さんがため息をつく。

「アカリ、ひとりで遠くまで行ったらだめだよ。それに、今日は学童の日。アカリが来なかったら、先生たちだって心配する。学校の先生だって。約束破るのは、いいこと？　悪いこと？」

お母さんがアカリちゃんの目をじっと見つめる。

「……悪いこと」

アカリちゃんがうつむきながら言った。

「じゃあ、もうしない？」

「……うん」

アカリちゃんが下を向いたままうなずいた。なんだか泣きそうな声だ。

「あなたたち、よく見つけたわね」

学童の先生が、わたしたちに言った。

「ほんとに。捜してくれてありがとう。でも、アカリがここにいるって、どうしてわかったの？」

アカリちゃんのお母さんが訊いた。

「それは……」

言いかけたが、どう説明したらいいかわからなくて、口をつぐんだ。

「前に、アカリちゃんから聞いたんです」

横から鳥羽が言った。

「アカリから？」

お母さんがふしぎそうな顔をした。

「はい。タコの形の遊具があって、それがすごく好きだって。場所はわからなかったんですが、タコ型の遊具って言ったら、律くんが、ここにあるのを思いだして。もしかしたらって思って」

鳥羽が律くんを見る。

「そうだったの。助かったわ」

学童の先生が言う。

「ほんとにありがとう。こんな遠いところまで来るなんて、思いもしなかった」

お父さんとお母さんが、わたしたちに頭を下げた。

「アカリも大きくなったんだな。いつのまにか、こんな遠くまで歩けるようになったんだ」

お父さんが息をついた。

「それに、さっきの笑顔……。小学校にはいってから、ずっと緊張してたのかな。あんなふうに笑うの、ひさしぶりに見た」

「あの……」

わたしは少し迷ってから言った。

「アカリちゃん、このタコ型遊具がすごく好きなんです。でもそれは、ただおもしろいから、ってだけじゃなくて。フミカちゃんとここで遊んだことが、アカリちゃんにとっては、すごく大事な思い出で」

「フミカちゃんとまた遊びたい、って、何度も言ってました」

鳥羽が言いたす。

「そうなの？」

お母さんがアカリちゃんを見た。

「うん」

アカリちゃんがうなずく。

「あのね、アカリ、どうしてもフミカちゃんと遊びたかったの」

アカリちゃんが言うと、お母さんはびっくりしたようにアカリちゃんを見た。

「そうだったの。フミカちゃんちに遊びにいきたい、って言ってたけど、そんなに？」

アカリちゃんは、また大きくうなずいた。

「ごめんね。お母さん、気づかなかった。わかった。じゃあ、夏休みになったら、フミカちゃんちに行こう。今日、帰ったらフミカちゃんちに電話しようね」

「ほんと？」

アカリちゃんが、ぱっと笑顔になった。

「うん」

「やったー！」

アカリちゃんがとびはねた。

「けどさ、アカリちゃん」

律くんの声がした。

「学校でも、友だち、きっとできるよ」

「え？」

アカリちゃんが律くんを見た。

「だって、ぼくたちと遊んだじゃないか」

「そうだけど……」

アカリちゃんは、うーん、と考えこむような顔になる。

わたしが言うと、アカリちゃんがじっとこっちを見た。

「でも、わたしたちはもう友だちでしょ？」

「学校でもいっしょに遊ぼうよ。また、魔法を教えて」

鳥羽が言う。

「うん、いいよ」

アカリちゃんが笑った。

11　お友だち

アカリちゃんの一家といっしょに、バスに乗った。学校の近くでバスを降り、アカリちゃんたちと別れた。

「あー、今回は緊張したー」

鳥羽（とば）が大きくのびをした。

「ほんとだよ。もう、どうなるかと思った」

さっきのどきどきを思いだす。

アカリちゃん、見つかってよかった。カガミもしずまったし、これでひと安心だ。

「なんか、大変だったけど、ちょっと楽しかったな」

律（りつ）くんが言った。

「あのとき、律くんが早く来てくれて、助かったよ」

「うん、鳥羽から電話が来たとき、すぐにうしろからバスが来るのが見えたんだ。それで、次の停留所まで走って……。なんとか乗れた」

「けど、まさか、七子が魔法使いの弟子、とか言いだすとは思わなかったよ」

鳥羽が笑った。

「えっと、あれは流れで」

「いや、いいアイディアだったよ」

鳥羽がわたしを見る。

「アカリちゃんの心をつかむナイスなアイディア。それに、カガミをしずめることもできた」

「ううん、あれは……。しずまったのは偶然、っていうか、はずみ、っていうか」

思わず顔が赤くなる。

「カガミは、ものだまと話せる人間がいることを知らなかったの。だから、わたしが話しかけたら、びっくりしちゃって」

鳥羽が説得したときみたいに、ものだまの心がふわっとほぐれて、顔が出てくる、なんてこともなかった。

「自分でしずめた、っていう実感、ぜんぜんないよー」

そう言うと、鳥羽も律くんも、ははは、と笑った。

けど、あのときのびっくりしたようなカガミの目。

思いだすと、ちょっと笑いそうになる。

驚いて、自分が荒ぶってることさえ忘れてしまったらしい。やっぱり、子どもなんだなあ。

「それに、アカリちゃんの注意を引きつけられたのは、律くんの名演技のおかげだよね。あれがなかったら、うまくいったか、わからない」

わたしは律くんを見た。

「律くん、ほんとの俳優さんみたいだったよ。あんなことができるなんて、知らなかった」

わたしは言った。

「おじいちゃんが英文学を研究してたからね。その影響で、父さんもシェイクスピア劇を見るんだ。いまでも年に一度は、家族で見にいくんだよ。教養になるから、って。それに、舞台俳優の声の出し方は、弁護士にも参考になるんだってさ。人に信用してもらうには、人に届く声を出さなくちゃいけないんだ、って」

「なるほどねえ」

鳥羽がうなずく。からかったり、嫌味を言ったりもしないし、めずらしく律くんを認めてるみたいだ。

「うーん、実はさ、舞台はよく見にいってたけど、自分にできるかどうかはわからなかったんだよね。けど、チャンスだって思って、とっさに……」

律くんが照れたように笑う。

「けど、思いきってやってみたら、案外気持ちよかったなあ。役になりきって大きな声を出したら、なんだかすーっとした」

律くんが空を見あげる。

「楽しかったね」

わたしは、ぼそっと言った。

「うん。あんなに夢中で遊んだの、ひさしぶりだよ」

律くんが笑う。

「まあ、たまにはいいんじゃない」

鳥羽も笑った。

「わたしも、もうちょっと遊びたかったなあ」

「そうだね。七子は、遊びはじめてすぐに、おむかえが来ちゃったもんね」

「そうなんだよ」

あの遊具、すごく楽しかった。

「そんなのん気なこと言ってる状況じゃなかっただろ？」

律くんが言った。

「そうなんだけど」

わたしが言うと、ふたりとも笑った。

「にしてもさ」

律くんが言った。

「あの公園で、カガミの声が聞こえて、よかったよな」

「どういう意味？」

「あの公園、ぼくたちが住んでるところからは、ずいぶん離れてるだろ？　駅とも反対だし、ふだんあまり行くことがない」

「それがどうかした？」

「いや、ものだまと会話できる地域って、かぎられてるだろ？　うちのまわりでは声が聞こえるけど、あのあたりで聞こえるのか、試したことはなかった」

律くんの言葉に、鳥羽も、はっと表情を変える。

「そう……ですわね」

フクサの声がした。

「わたしたちも、そこまでちゃんと調べたことはありませんでしたね」

「七子にも『坂木市(さかきし)では』って説明したけど、市の境界なんて、人間が勝手に決めたものだもの。ものだまの声が聞こえる領域は、市と完全に同じじゃないかも」

「ものだまはもっと古くからいるわけだし、現在の行政区域で範囲が決まるのは変だよ。それに、前から気になってたんだけど、そもそも、どうしてこの町でだけ、ものだまの声が聞こえるんだろう？」

律くんが首をひねった。

「そうですね、旅行に行くと、律と会話できなくなります」

ルークも言った。

この町ではものだまと会話できるわたしたちも、町を離れるとものだまの声が聞こえなくなる。お母さんもわたしも、前の家ではタマじいの声は聞こえなかった。この町に越してきて、急に聞こえるようになったのだ。

「まあ、ものだまはどこにおっても人間の声が聞こえておるのじゃがな。わしらの声は聞こえなくなるようじゃの」

「ものだま同士は、しゃべれるんだよね？」

わたしは訊いた。

「ええ。それに、この町だけ、特別ものだまが多いわけでもないんですのよ」

フクサが言った。

町の外にも、ものだまはいる。人間の声も聞こえる。でも、わたしたちには声が聞こえなくなる。

「たしかに。そもそも、ものだまの声が聞こえる範囲って、どこまでなのかな」

鳥羽がつぶやく。

「そのうち、ちゃんと調べてみないとね。もうすぐ夏休みだし、タマじいやフクサを連れて坂木市を一周してみようか。自由研究にはならないけどね」

「そうだね。ちょっと気になる」

「律も来る？　今日はすごく活躍してくれたし、これで正式に探偵団に入団することにしてもいいよ」

「だから、はいりたくない、ってば」

律くんが嫌そうな顔をした。

「ぼくは夏期講習があるから、遠慮しとくよ」

「そうですか？　残念です。わたしは少し興味がありますが」

ルークがつぶやく。

「そうだよね、ルーク」

鳥羽が言う。

「じゃあ、ルークはきみたちに預けるよ。まったくヒマだよねえ、きみたちは」

律くんがあきれたように言った。

「ヒマは子どもの特権だよ。行使しないと、老けるよ」

鳥羽は、ぷいっと横を向いた。

「じゃ、ぼくはここで」

律くんは立ちどまり、向きを変えた。

「え？　どこ行くの？　家、あっちでしょ？」

鳥羽がふしぎそうに言う。

「塾に行く。こっちに行けば駅があるんだ」

「塾に？　いまから？」

「うん。この時間なら、最後の授業には間に合いそうだし。一コマだけでも、受けた方がいいからね」

「まじめだねえ」

鳥羽があきれたように言った。

これから最後の授業か。塾、何時まであるんだろ。

「きみたちとはちがうんだよ。でも……」

律くんが、ちょっと笑った。

「なんか、いつもより長い夕方だったなあ。塾にいるのとちがって、あちこち動いたからかな。すごくいろんなことをやった気がするよ。まだこんな時間だなんて、嘘みたいだ」

大きく息をつく。

「じゃあな」

手を振って、駅の方に走っていった。


月曜日、通学路でアカリちゃんと会った。

「あのね、夏休みに、フミカちゃんちに行くことになったんだ」

アカリちゃんはうれしそうに言った。

お母さんがフミカちゃんの家に電話して、フミカちゃんと話すことができたらしい。

「フミカちゃん、学校でお友だちできたんだって。今度いっしょに遊ぼうって。わたしもね、お友だち作りたい。そしたら、フミカちゃんの友だちとわたしの友だちが合わさって、友だちたくさんになるから」

「そうだね、でも、もうアカリちゃんにも、友だち三人できたでしょ？　わたしと……」

「あのカッコいいお兄ちゃんと、おもしろいお姉ちゃんね」

アカリちゃんはにこにこ顔だ。

鳥羽はおもしろいお姉ちゃんなのか……。ちょっと笑いそうになる。

うしろから、子どもみたいな声が聞こえる。男の子と女の子。ランドセルとカガミがおしゃべりしている。

ランドセルはえらそうに、学校にいるものだまのことを説明している。妹ができたみたいで、うれしいのだろう。

正門で、鳥羽と律くんに会った。

律くんは、塾に遅刻したことで、親にかなり怒られたみたいだ。

「やっぱり、おまえとかかわるとロクなことがない」

律くんは、ぼそっと言った。

一年生が通りかかる。この前会った、イズミちゃんとサクラちゃんという女の子だ。

たしかアカリちゃんと同じ二組だったはず。

「ほら、一年生の子、来たよ。お友だち、作るんでしょ？」

アカリちゃんに言った。

「う、うん。でも……」

アカリちゃんがわたしを見る。

「あいさつしてごらん。おはよう、って」

「……うん……」

アカリちゃんが、緊張した表情でイズミちゃんたちに近づく。

「お……おはよう」

アカリちゃんが言った。

「あ、おはよう、アカリちゃん」

サクラちゃんが笑って返した。アカリちゃんの顔がふわっとゆるむ。

「あれ、七ふしぎのお姉ちゃんだ」

イズミちゃんが言う。

「七ふしぎって、なに？」

アカリちゃんが訊く。

「七ふしぎっていうのはね……」

イズミちゃんはそう言いながら、一年の靴箱の方に歩いていく。アカリちゃんもそれについていく。ランドセルのうしろで、ストラップの鏡がきらっと光った。

がんばって。きっとうまくいくよ。

うしろ姿に、そっと手を振った。

解説　人々の記憶を辿（たど）る物語

堺　三保

ほしおさなえの紡（つむ）ぐ物語は、多くの場合、人々の〈記憶〉を辿る心の旅を描いている。

たとえば、その代表的シリーズであり、埼玉県川越市を舞台に、ゆるやかにつながっている連作群、『活版印刷三日月堂』、『菓子屋横丁月光荘』、『紙屋ふじさき記念館』では、活版印刷や和紙、古民家といった今は時代の主流から取り残されたものを鍵として、人々の記憶が想起され、様々な〈想い〉となって共有されていく。

『言葉の園のお菓子番』シリーズにおいては、その鍵は連句だし、『空き家課まぼろし譚』や『銀塩写真探偵　一九八五年の光』では、デジタル全盛の現代ではほぼ使われなくなった銀塩写真がその役割を果たす。『東京のぼる坂くだる坂』に至っては、そのタイトル通り、東京のあちこちに点在する坂道が記憶を辿るきっかけとして作用している。

言い換えれば、ほしお作品においては〈過去〉を思い出すというのがテーマとなっていることが多いわけだが、ここで重要なのは、それが過去への郷愁に留まっていないところにある。彼女の作品の登場人物たちは、記憶を遡って過去に触れることで、未来に向かっての新たな一歩を踏み出すことが出来るようになるのだ。ただ過去を懐かしむのではなく、過去を大切に慈しんだその先に、未来への希望が語られるのである。

本書を第二巻とする『ものだま探偵団』シリーズもまた、その系譜に属する作品だ（前巻を未読の方はぜひともこの機会にまとめて購読を）。

物語の舞台は坂木町という古い歴史のある町。小学五年生の少女、桐生七子は父の仕事の都合で両親と共にこの町に引っ越してくる。彼女はそこで同級生の少女、桜井鳥羽と出会い、自分たちはものに宿った魂＝〈ものだま〉の声を聞くことが出来ることを知る。そして時折、荒ぶってしまった〈ものだま〉が不思議な事件を引き起こすことや、鳥羽が人知れずそれを解決していることも。そして七子は、鳥羽と共にものだま探偵団を結成、〈ものだま〉たちが引き起こす事件を解決していくようになるのだった……。

これが本シリーズの基本的な枠組みである。先に書いたように、ほしお作品においては、何かを鍵として過去を振り返ることが多いわけだが、本シリーズがユニークなのは、その鍵が〈ものだま〉という超自然的な存在である点だ。

この、作中で〈ものだま〉と呼ばれているものは、日本では古来から〈付喪神(つくもがみ)〉と呼ばれているものを、ほしお流に再解釈したものだろう。〈付喪神〉とは、長い歳月を経た道具などに精霊が宿って意志を持ったもので、人をたぶらかすとされていた。妖怪の一種だと考えてもいいだろう。

本シリーズの〈ものだま〉たちは〈付喪神〉と違って、悪意から人をたぶらかしたりはしない。彼らは時に荒ぶって不思議な事件を引き起こすのだが、それは何よりも彼らが何らかの憤りや悲しみを感じているからであって、悪意からではないのだ。だからこそ、七子たちのまわりにいて彼女たちの調査に毎回協力する〈ものだま〉たちは、いずれもかわいくて愛(いと)おしい存在として描かれている。私たちは誰もが、自分のお気に入りの持ち物を、時には名前をつけて、まるで友人であるかのように大事に扱ったことが一度はあるはずだ。本シリーズに出てくる〈ものだま〉たちは、まさにそんな「大切な持ち物」の擬人化なのだ。

そして、七子たちが彼ら〈ものだま〉を鎮める過程で、それに関わる人々の過去の記憶が呼び覚まされ、〈ものだま〉だけでなく、人々の悩みが解消したり、未来への希望が生まれたりしていく。つまり、再三書いてきたほしお作品における王道とも言うべき心優しい展開へとつながっていくのである。

個々人が自身の過去の記憶を辿ろうとするとき、そのよすがとなるものは土地や出来事などさまざまだろうが、それぞれの所有物ほど本人にとって身近なものもそれほどはないだろう。そんな所有物に関する思い出を、〈ものだま〉というファンタジックな設定によって、より印象的に描いているのが、本シリーズのおもしろさなのだ。

さて、本シリーズのもう一つの特徴は、タイトルに探偵団とあるとおり、ストーリーがミステリ仕立てになっているところにある。どのエピソードにも以下の二つの謎が存在するのだ。

1．荒ぶっているものだまは何のものだまなのか？
2．ものだまが荒ぶっている理由は何なのか？

七子と鳥羽は毎回この二つの謎を推理と調査で解き明かしていく。本シリーズは元々児童向けに書かれたものだが、そのミステリとしての手際の良さは大人向けの推理小説に劣るものではない。ちなみに、ミステリ用語的には、1の謎はフーダニット＝犯人探し、2の謎はホワイダニット＝動機探しといって、ハウダニット＝方法探しと並んで、ミステリにおける三大テーマとなっている。三大テーマの内の二つが毎回必ず入っているのだから、ミステリ好きにはたまらない作品でもあるわけだ。

たとえば一巻目の第二話「駅のふしぎな伝言板」では、伝言板に書かれた意味不明な文字列の暗号解読（ハウダニット）が事件全体の謎を解く鍵となっている。この暗号の作り方は単純なくせにわかりにくくなっているのはもちろん、そこにこそこのエピソードにおける「人々の記憶」につながる答えが潜んでいるという周到さがすばらしい。

また、本書収録の第四話「わたしが、もうひとり？」では、七子たちのまわりに現れるドッペルゲンガー（うり二つの他人）の出現パターンを調べて、そこから原因となる〈ものだま〉とその所持者を割り出していく過程が、見事なフーダニット＝犯人探しミステリとなっている。

要するに本シリーズは、過去を巡る郷愁の物語であると同時に、ある種の妖怪譚でもあり、さらにはミステリでもあるという多層構造になっている、実に贅沢な作りが特長なのだ。

主人公とそれを取り巻く人々の心優しい姿にホッと息をつくのも良し、毎回登場するユーモラスな〈ものだま〉たちの姿に微笑むも良し、主人公たちと一緒に謎解きに頭をひねるも良し。世知辛い現実をひととき忘れて、本シリーズの物語の世界に身を委ね、心地よい時間を過ごして欲しい。

二〇二二年八月

（ＳＦ作家・翻訳家・脚本家）

『ルークとふしぎな歌』は2015年7月、『わたしが、もうひとり？』は2017年8月徳間書店より刊行されました。

カット　くまおり純
目次・中扉デザイン　木下容美子

徳間文庫

ものだま探偵団(たんていだん)

ルークとふしぎな歌

2022年11月15日 初刷

著者 ほしおさなえ
発行者 小宮英行
発行所 株式会社徳間書店
東京都品川区上大崎三−一−一 目黒セントラルスクエア 〒141−8202
電話 編集〇三(五四〇三)四三四九 販売〇四九(二九三)五五二一
振替 〇〇一四〇−〇−四四三九二
印刷 製本 大日本印刷株式会社

ISBN978-4-19-894802-3 (乱丁、落丁本はお取りかえいたします)